Anne Hertz

Juni & ich

Flunkern wie gedruckt

cbj

DIE AUTORINNEN

Anne Hertz ist das Pseudonym der Autorinnen Frauke Scheunemann und Wiebke Lorenz, die nicht nur gemeinsam schreiben, sondern als Schwestern auch einen Großteil ihres Lebens miteinander verbringen. Bisher haben die Schwestern als Duo mit ihren Romanen eine Gesamtauflage von 1 Million Exemplaren erreicht und eine große Fangemeinde fiebert jedem neuen Buch entgegen. Ein höchst außergewöhnliches Autorenduo, das in Hamburg lebt und arbeitet und mit »Juni & ich« seine erste Kinderbuchreihe vorgelegt hat.

Weitere Bände in dieser Reihe:

Juni und ich – Auf Schritt und Tritt genial

Anne Hertz

Juni und ich

Flunkern wie gedruckt

cbj

Kinder- und Jugendbuchverlag
in der Verlagsgruppe Random House

MIX
Papier aus verantwortungsvollen Quellen
FSC® C014496

Verlagsgruppe Random House FSC® N001967
Das für dieses Buch verwendete FSC®-zertifizierte Papier
Pamo House liefert Arctic Paper Mochenwangen GmbH.

1. Auflage
Erstmals als cbj Taschenbuch Juli 2015

Umschlag- und Innenillustrationen: Nina Dulleck
Umschlaggestaltung: Basic-Book-Design, Karl Müller-Bussdorf
CK · Herstellung: wei
Satz: KomptenzCenter, Mönchengladbach
Druck: GGP Media GmbH, Pößneck
ISBN 978-3-570-22542-4
Printed in Germany

www.cbj-verlag.de

Für Luzie

Man kann mit dem Widmen nicht früh genug anfangen.

A. H.

1. Kapitel

Donnerstag.
Erster Tag nach den Sommerferien.
Stimmung: geht so bis na ja.
Vor allem ziemlich aufgeregt.

Mein Name ist Carla Ehrenthal. Na gut. Eigentlich Carlotta, benannt nach meiner Oma. Aber wer will schon so heißen wie eine 70-Jährige, auch wenn es die tollste 70-Jährige der Welt ist? Das ist einfach ätzend. Deswegen also Carla. Was ist sonst noch ätzend? So einiges. Zum Beispiel, eine kleine Schwester zu sein. Manchmal jedenfalls – wie jetzt. Seit einer halben Stunde stehe ich vor dem Badezimmer und schlage Wurzeln – denn meine allerliebste Schwester Emma hat sich einfach eingeschlossen und macht nicht auf, obwohl ich schon fünfmal gegen die Tür gebollert habe.

»Emma!«, brülle ich und klopfe ein sechstes Mal wie eine Irre. »Jetzt komm endlich raus, ich muss mich auch fertig machen!«

»Momeheeent!«, trällert sie fröhlich. Auch das hat sie schon sechsmal gemacht, der blöden Kuh ist es total egal, dass ich auch noch duschen und mich für die Schule fertig machen muss. Dabei steht mein erster Schultag nach den Ferien in der 6. Klasse des Henri-Nannen-Gymnasiums bevor. Ich werfe einen Blick auf meine Armbanduhr. Toll! Selbst wenn Emma jetzt rauskommt, bleiben mir noch genau zehn Minuten Zeit. Mein kleiner Bruder Anton kommt vorbeigeschlurft.

»Mann, was bist'n du so laut? Putz dir doch die Zähne in der Küche. Geht viel schneller.«

Ich gucke ihn so böse an, wie ich nur kann. Und das ist um diese frühe Uhrzeit richtig böse. Was versteht ein Achtjähriger schon von Styling und dass ich dafür Zeit und vor allem einen Spiegel brauche? »Emma!«, versuche ich es noch einmal. »Wenn du nicht sofort die Tür aufmachst, hole ich Mama.«

»Uhhh!«, kommt es ironisch zurück, »da hab ich

jetzt aber Angst!« Na gut. Ich muss deutlicher werden.

»Ich habe deinen iPod!«, brülle ich und gratuliere mir innerlich zu diesem Schachzug. Emmas iPod, den sie vor zwei Wochen zu ihrem vierzehnten Geburtstag geschenkt bekommen hat, ist für sie so etwas wie ein Nationalheiligtum.

»Was?«, kommt es prompt zurück, die Stimme meiner Schwester nun in hysterischer Höhenlage.

»Deinen iPod! Und wenn du bei drei nicht aus dem Bad bist, landet er im Gästeklo! Eins, zwei …« Die Tür wird aufgerissen, vor mir steht Emma und starrt mich entsetzt an. Dafür dass sie so lange im Bad war, sieht sie aus – wie immer. Blonde lange Spaghetti-Haare, die einfach nur so runterhängen, blass, mit langen, dünnen Armen und Beinen, die in Jeans und Langarmshirt stecken.

»Gib den sofort her!«, blafft sie mich an und streckt mir eine Hand entgegen.

»Was?«

»Meinen iPod!«

»Hab ich nicht.« Bevor sie reagieren kann, bin ich schon an ihr vorbei ins Bad geflitzt, hab sie in den Flur geschubst, die Tür hinter mir zugeknallt und abgeschlossen. So. Endlich!

»Carla!«, höre ich sie kreischen. »Rück sofort meinen iPod raus!«

»Liegt in deinem Zimmer!«, rufe ich.

»Wenn du da rauskommst, gibt es aber richtig Ärger!«

»Uhhh!«, antworte ich und muss kichern. »Da hab ich jetzt aber Angst!«

Bevor ich hören kann, ob Emma noch etwas erwidert, stehe ich schon unter der Dusche. Schließlich habe ich jetzt nur noch knapp acht Minuten und damit keine Zeit, mich weiter mit meiner blöden Schwester zu streiten. Während ich mich so schnell es geht einseife und mir die Haare wasche, denke ich zum etwa hundertsten Mal an den Tag, der jetzt vor mir liegt. Und ich muss zugeben, dass ich ganz schön aufgeregt bin. Nicht weil es der erste Tag nach den Sommerferien ist. Der wird bestimmt wie immer, ich kenne ja schon alle Lehrer und meine Klassenkameraden. Nein, der Grund für meine Aufregung ist ein anderer. Denn! Tataaa: Heute Nachmittag um drei findet die erste

Redaktionskonferenz der *Feder* statt, das ist die Schülerzeitung des Henri-Nannen-Gymnasiums. Ab der sechsten Klasse darf man da mitmachen, und weil für mich schon immer klar war, dass ich Journalistin werden will, muss ich natürlich unbedingt hin! Meine beste Freundin Isa, die mit mir in dieselbe Klasse geht, reißt schon Witze darüber, dass ich bald bei den Reichen und Schönen aus und ein gehen werde. Dabei werd ich doch eine investigative Journalistin, also eine, die politische Skandale und so aufdeckt – hat sie wohl nicht richtig zugehört, als ich es ihr die letzten hundertfünfundfünfzigmal erzählt habe.

Das Schreiben liegt meiner Familie im Blut. Nicht nur dass Papa neben seinem Job als Anwalt schon mehr als zehn Krimis geschrieben hat – meine Tante ist keine Geringere als Julia Nieburg! Ja, genau, DIE Julia Nieburg, die bekannte Chefredakteurin der Zeitschrift »Leben aktuell«! Noch bekannter ist sie allerdings unter ihrem Pseudonym »Juni Jupiter«. Als Juni ist sie richtig berühmt und schreibt ein Blog, eine Art Tagebuch im Internet, das ganz viele Leute lesen. Ein Pseudonym ist ein Name, den man sich als Autor für sich selbst ausdenkt und den man dann für seine Bücher oder Zeitungsartikel benutzt. Funktioniert also wie ein Künstlername. Die Idee mit »Juni« kam von mir, da habe ich einfach ihren Vor- und Nachnamen kombiniert, was Tante Julia so toll fand, dass sie den Vorschlag sofort übernommen hat.

Um bei der Redaktionskonferenz nachher einen richtig guten Eindruck zu machen, habe ich mir von meiner Tante schon ein paar Tipps geholt und ihr meine Themenliste mit den Vorschlägen für die *Feder* gezeigt. Zum Beispiel könnte man in jedem Heft ein Interview mit einem anderen Lehrer machen und ihn dabei über seine eigene Schulzeit befragen. Dann hatte ich noch die Idee für verschiedene Preisausschreiben, bei denen alle Henri-Nannen-Schüler mitmachen können, zum Beispiel ein Foto- oder ein Gedichtwettbewerb. Außerdem möchte ich vorschlagen, dass es in jeder Ausgabe so etwas wie einen Test gibt: die beste Eisdiele, die beste Konditorei, das beste Freibad und so weiter. Tante Julia fand meine Themen ganz her-vor-ragend. Ist also gebongt: Ab heute beginnt meine Karriere als Starreporterin des Henri-Nannen-Gymnasiums.

Immer noch Donnerstag.
Immer noch erster Schultag.
Aber Stimmung schon deutlich besser.

»Carla, du bist einfach großartig! Gut, dass du endlich bei uns mitarbeitest!«

Hendrik Aschenbach, seit zwei Jahren Chefredakteur der Feder, *ist von seinem Platz aufgesprungen und fängt an zu klatschen, erst langsam, dann immer schneller. Und nicht nur er, auch die anderen Jungs und Mädchen applaudieren, alle zusammen spenden mir Beifall.*

»Ich glaube, wir sind uns alle einig«, ruft Hendrik. »Wir haben eine neue Chefreporterin für die Feder! *Glückwunsch, Carla Ehrenthal!«*

Ich will gerade aufstehen und zu Hendrik gehen, als mich jemand sehr unsanft an der Schulter schüttelt.

»Hey, träumst du? Du musst aussteigen!«

Wie, aussteigen? Woraus denn aussteigen? Einen Moment bin ich völlig verwirrt. Dann wird mir klar, dass ich nicht im Redaktionsbüro der *Feder* sitze, sondern auf dem Rücksitz von Papas Auto. Mist. Ich habe tatsächlich geträumt. Es ist gar nicht Hendrik, der mit mir redet, sondern mein Vater, der darauf wartet, dass ich aus seinem Auto klettere. Wir stehen nämlich direkt vor meiner Schule. Normalerweise fahren Emma und ich mit dem Fahrrad, aber heute hat uns Papa netterweise hinkutschiert, nachdem er Anton an der Grundschule abgesetzt hat. Seufzend schnalle ich mich ab, lehne mich nach vorn und gebe meinem Vater einen Kuss auf die Wange.

»Tschüs, Paps.«

»Tschüs, meine Kleine. Und viel Spaß am ersten Tag.«

Pöh! Meine *Kleine*! Ich bin bald *Chefreporterin*. Wartet's nur ab!

2. Kapitel

*Vorm Schulgebäude. Alles wie immer.
Aber einige Leute wissen nicht,
was sie tun.*

»Hey, Vorsicht! Willst du mich über den Haufen rennen?« Das Mädchen mit den kinnlangen roten Haaren guckt erschreckt hoch – sie hat mich erst in dieser Sekunde bemerkt. Dabei ist sie eigentlich direkt auf mich zugesteuert. Nur leider eben rückwärts. Und da hat der Mensch nun mal keine Augen im Kopf.

Gibt's ja nicht! Was macht die bloß?

»Tschuldigung«, stottert sie, »ich hab dich gar nicht gesehen.«

»Ich hab's gemerkt.«

»Tja, war so beschäftigt mit den Fotos«, fügt sie erklärend hinzu. Fotos? Jetzt sehe ich es auch:

In den Händen hält sie eine Kamera. Offenbar hat sie die ganze Zeit unsere Schule fotografiert und dabei den Rückwärtsgang eingelegt. Seltsam.

»Machst du Fotos von unserer Schule?«, will ich wissen. Sie nickt.

»Ja.«

»Und warum?«

»Ich fotografiere eben gern. Schon immer. Ich werde mal Fotografin.«

»Aha. Aber wieso gerade unser Schulgebäude?« So besonders aufregend sieht das ja nun nicht gerade aus und sie selbst gehört nicht zum Henri-Nannen-Gymnasium. Da sie ungefähr so alt ist wie ich, wäre sie mir sonst schon mal aufgefallen.

»Ich bin neu hierhingezogen. Heute ist mein erster Schultag am Henri Nannen, den dokumentier ich.« Sie macht eine kurze Pause. »Ich heiße übrigens Lilli.«

Dann will ich mal freundlich sein und den Neuzugang herzlich willkommen heißen.

»Ich bin Carla. 6b bei Frau Willich und Herrn Andres. Hoffe, dir gefällt es hier.«

Lilli nickt wieder.

»Ja, danke. Ich weiß noch nicht, in welche Klasse ich komme. Erfahre ich bestimmt gleich. Ich mach dann mal weiter.« Ohne ein weiteres Wort hebt sie ihre Kamera und fotografiert schon wieder. Die ist ja schräg. Ich drehe mich um und gehe die Stufen zum Eingang hoch. Schnell Isa finden – die sechs Wochen, ohne sie jeden Tag zu sehen, waren ganz schön lang!

Eine Stunde später.

Man sieht sich immer zweimal im Leben.

Während wir den ersten Klassenrat im neuen Schuljahr abhalten, der im Wesentlichen daraus besteht, sich die wichtigsten Neuigkeiten der letzten sechs Wochen zu erzählen, klopft es.

»Herein!« Frau Willich guckt neugierig Richtung Tür. Ich und die anderen sechsundzwanzig Schüler der 6b auch. Als Erstes taucht der Kopf von Frau Hansmann, unserer Unterstufenleiterin auf. Und zwei Sekunden später folgt ein Gesicht, das ich heute schon einmal gesehen habe: Lilli.

»Hallo 6b!«, begrüßt uns Frau Hansmann fröhlich. »Ich möchte euch eine neue Mitschülerin vorstellen: Lilli Weidinger. Lilli kommt aus München und ist in den Sommerferien zu uns nach Hamburg gezogen. Ich hoffe, sie wird sich bei uns wohlfühlen. Ihr könnt ihr bestimmt dabei helfen, sich hier gut einzuleben.«

Wir nicken brav, Frau Willich steht auf, geht zu Lilli und reicht ihr die Hand.

»Hallo, Lilli! Schön, dass du da bist. Dann wollen wir mal einen Platz für dich suchen. Oder hast du vielleicht eine Idee, neben wem du sitzen möchtest?«

Unsicher sieht sich Lilli im Klassenzimmer um, dann entdeckt sie mich.

»Da!« Sie zeigt auf mich. »Ich würde gern neben Carla sitzen, wenn das kein Problem ist.«

Frau Willich lächelt. »Ach, ihr kennt euch schon? Das ist ja nett. Na, dann machen wir das so. Es ist sowieso nicht gut, dass Carla und Isa immer nebeneinandersitzen. Die beiden quatschen mir ohnehin ein bisschen zu viel.«

Waaas? Och Mann, nö! Das kann doch wohl nicht wahr sein. Steht das nicht sowieso im Grundgesetz, dass jeder Mensch das Recht auf freie Sitzplatzwahl hat? Das muss doch dann auch für mich gelten. Und ich will weiter neben meiner besten Freundin sitzen!

Frau Willich legt kurz die Stirn in Falten, dann verkündet sie die neue Sitzordnung: »Also, Isa, setz dich bitte auf den freien Platz neben Ben. Dann kann sich Lilli links neben Carla setzen. Wunderbar. Das ging ja schnell.«

Wunderbar? Da bin ich aber ganz anderer Meinung. Isa und ich sehen uns an und verdrehen gleichzeitig die Augen, dann nimmt Isa ihre Tasche und trottet zu Ben, dem Streber. *Das ist ja ein super Start ins neue Schuljahr …*

»Hi, Carla!«, sagt Lilli zu mir, grinst mich fröhlich an und lässt sich auf Isas Stuhl plumpsen. Ich nicke nur mürrisch und sage nichts. Wegen dieser rothaarigen Irren kann ich jetzt nicht mehr neben Isa sitzen! Auch die guckt böse zu Lilli rüber. Aber die merkt überhaupt nichts, sondern grinst einfach nur blöd weiter. »Ist ja toll, dass wir jetzt wirklich in einer Klasse sind!«, sagt sie dann noch.

Ja, supertoll! Vielen Dank.

Vielleicht können Isa und ich mit Frau Willich reden und sie bequatschen, dass sie die Sitzordnung wieder ändert. Allerdings muss das noch bis morgen warten, denn heute habe ich nach der Schule etwas viel Wichtigeres vor: meine erste Redaktionskonferenz der *Feder*!

Einen halben Tag später.
Ort des Geschehens: Redaktionsraum der »Feder«. Adrenalinspiegel: am oberen Limit.

Der Gemeinschaftsraum des Henri-Nannen Gymnasiums ist gleichzeitig das Redaktionsbüro der *Feder*. An den Wänden hängen die Titelblätter der vergangenen Ausgaben. Die Zeitung gibt es bereits einige Jahre und sie hat sogar schon ein paar Preise gewonnen. Allerdings nicht mehr in den letzten Jahren, aber das soll sich ab sofort ändern.

Die alten Sofas und Sessel, die im Raum herumstehen, sind bis auf den letzten Platz besetzt. An einem Tisch am Kopfende des Zimmers sitzt der Chefredakteur Hendrik Aschenbach und wartet darauf, die erste Redaktionskonferenz zu eröffnen. Hendrik geht schon in die Zwölfte und sieht mit seinen schwarzen Haaren und den blauen Augen echt ziemlich toll aus. Was mir als Vollprofi natürlich völlig egal ist, solange er seine blauen Augen dazu benutzt, mein Talent zu erkennen. Ich selbst sitze direkt links neben der Tür und warte gespannt darauf, dass es endlich losgeht. Mann, ich bin ganz zittrig! Zur Unterstützung habe ich deshalb sogar Isa mitgebracht, obwohl der die Schülerzeitung eigentlich wurscht ist

»Willkommen im neuen Schuljahr!«, begrüßt Hendrik die Anwesenden. »Schön, dass ihr alle gekommen seid! Ich fange dann gleich mal mit dem wichtigsten Punkt an: In acht Wochen läuft die Frist für den jährlichen Wettbewerb *Zeitung macht Schule* ab, und ich habe mir fest vorgenommen, dass wir den Preis dieses Jahr mal wieder gewinnen! Nach sechs Wochen Ferien habt ihr bestimmt einen Sack toller neuer Themenideen für die nächste Ausgabe mitgebracht. Dann lasst mal hören!«

Alle schauen betreten zu Boden. Grabesstille senkt sich über den Raum. Hendrik Aschenbach lässt seinen Blick von einem zum anderen wandern, nickt hier und da jemandem aufmunternd zu, aber genauso gut könnte er versuchen, die Bewohner eines Aquariums zum Reden zu bringen. Schließlich sieht er mich an, ganz direkt, und ich glaube sogar, dass er mir ebenfalls ermutigend zunickt. *Wirklich irre, diese blauen Augen!*

Ich stehe auf, schlagartig sind alle Blicke auf mich gerichtet. »Hi, ich heiße Carla Ehrenthal und gehe in die 6b. Hier habe ich«, ich mache ein paar Schritte auf Hendrik zu und strecke ihm ein Blatt Papier mit meinen Notizen entgegen, »ein paar Ideen für die neueste Ausgabe aufgeschrieben.«

»Dann lies doch mal vor«, sagt er.

»Okay.« Ich nehme das Blatt und fange an, meine Themen vorzulesen. Noch bevor ich bei meinem dritten Punkt bin, sehe ich aus den

Augenwinkeln, dass Hendrik von einem Ohr zum anderen grinst. Habe ich irgendwas Blödes gesagt? Unsicher mache ich eine Pause.

»Tja, weißt du, Carla – es ist toll, dass du dir schon so viele Sachen überlegt hast. Allerdings müsstest du deine Ideen einem anderen überlassen, neue Mitglieder setzen wir noch nicht als Redakteure ein. Die müssen sich erst mal im Back Office bewähren.«

Back Office? Was meint er denn damit? Ich gucke kurz zu Isa, auch die zuckt mit den Schultern. Etwas ratlos lächle ich Hendrik an, der deutet meinen Gesichtsausdruck ganz richtig und erklärt mit noch breiterem Grinsen: »*Back Office* ist der ganze Bürokram. Also kopieren, ab und zu mal was abtippen und dem Chef, nämlich mir, eine Cola besorgen.«

Kopieren und Cola besorgen? Ich glaube, es hackt! Neben mir schnauft Isa empört.

»Aber was hat das denn mit Journalismus zu tun? Ich will Reporter werden, nicht Sekretärin!«

Jetzt lacht nicht nur Hendrik, sondern auch die anderen prusten los. Ich merke, wie mir sehr, sehr warm wird. Wahrscheinlich läuft mein Gesicht gerade pinkfarben an. Als sich alle ausreichend scheckig gelacht haben, pflaumt mich ein Mädchen an, das mindestens schon vierzehn oder fünfzehn ist. Jedenfalls ist sie ziemlich stark geschminkt.

»Also ehrlich – wenn du Anfängerhäschen bei uns mitmachen willst, musst du schon die Jobs erledigen, die wir dir geben. Das hier ist schließlich kein Kindergarten. Sei froh, dass ihr Babys aus der Unterstufe überhaupt schon an den Redaktionssitzungen teilnehmen dürft. Halt also mal besser die Klappe und spitz die Ohren, damit du was lernst.«

Zack, das sitzt. Mist, ich glaube, ich fang gleich an zu heulen. Also echt, das wäre ja die oberpeinliche Krönung!

»Hey, Sophie – jetzt ist mal gut!«, mischt sich einer der Jungs ein, die am Kopfende neben Hendrik sitzen. Ich kenne ihn vom Sehen. Blonde, verwuschelte Haare, Sommersprossen, frecher Blick. Ich glaube, er geht in die achte Klasse, aber wie er heißt, weiß ich nicht. »Du tust ja gerade so, als hättest du das Zeitungmachen erfunden. Ich sach mal so: Hast du aber nicht.«

Wieder Gelächter. Diesmal aber über die Geschminkte. Ich werfe dem Typen einen dankbaren Blick zu. Die Geschminkte zieht ein Gesicht, als habe sie auf etwas sehr Saures gebissen und giftet ihn volle Kante an: »Lasse, der Retter der Enterbten, der Beschützer der Witwen und Waisen. Und neuerdings auch der Babyhäschen. Also, du kannst –«

Was er sie kann, erfahren wir aber nicht mehr, denn jetzt wird sie von Hendrik unterbrochen.

»Hey, hey, hey, ich würde gerne mit der Planung für unsere nächste *Feder* weitermachen. Sophie, du kannst das später mit Lasse sicher noch in Ruhe ausdiskutieren.«

Sophie schießt noch ein paar tödliche Blicke in die Runde, hält aber dabei wenigstens den Rand. Ich glaube, ich taufe sie *die fiese Sophie*!

3. Kapitel

Nach der Redaktionskonferenz.
Stimmung: Millimeter vom
Tiefpunkt entfernt.

»Jetzt komm schon, so ein großes Drama ist das nun alles auch wieder nicht.« Isa will mich trösten, als wir über den Schulhof rüber zur Bushaltestelle gehen, erwischt mich aber voll auf dem falschen Fuß.

»Kein Drama? Kein Drama!! Du hast gut reden, aber für mich ist es eine Tra-gö-di-e!«, rufe ich aufgebracht und kicke eine leere Coladose quer über den Hof, als wäre die schuld an dem Schlamassel.

Isa lacht. »Carla Ehrenthal, die größte Dramaqueen von allen! Also wenn du mich fragst, würde ich die blöde Schülerzeitung sausen lassen und stattdessen mit mir zur Theater-AG gehen. Das ist sowieso viel spannender.«

»Ich frag dich aber nicht!«, fahre ich meine beste Freundin an.

Isa hebt abwehrend die Hände, »Oh, sorry, war nur ein Vorschlag!«

»Bitte lächeln!« Direkt hinter uns erklingt eine Stimme.

Isa und ich fahren überrascht herum. *Klickedi-klick!* Vor uns steht Lilli mit ihrem Fotoapparat und lichtet uns ab. »Sehr schön!«, sagt sie und grinst uns zufrieden an.

»Was soll denn das?«, blöke ich sie an. Sofort weicht ihr Lächeln einem verunsicherten Gesichtsausdruck.

»Tschuldige, ich wollte nur … Also, ich bin noch dabei, Eindrücke vom ersten Schultag zu sammeln.«

»Dann sammel gefälligst woanders«, gebe ich zurück. »Merkst du nicht, dass du uns nervst?«

»Äh, das tut mir leid«, stottert Lilli und wird rot. »Ich, ich …«

»Carla meint das nicht so«, geht Isa dazwischen.

»Sie ist nur sauer, weil wir gerade von der ersten Redaktionskonferenz der *Feder* kommen, und die ist nicht so toll gelaufen. Ehrlich gesagt, der totale Flop!«

»Vielen Dank!«, ranze ich Isa an. »Musst du mir jetzt auch noch in den Rücken fallen?«

Isa reißt erschrocken die Augen auf und will etwas sagen, aber ich lasse sie gar nicht zu Wort kommen. »Dann ist es ja nur gut, dass Frau Willich uns wegen Lilli auseinandergesetzt hat! Eigentlich wollte ich mit ihr reden, damit sie das rückgängig macht, aber das lass ich wohl lieber. Ich hab sogar noch eine viel bessere Idee: Morgen tauschen du und ich die Plätze, dann sitze ich neben Ben, und ihr zwei beiden besten Freundinnen könnt von da an ganz unter euch bleiben!« Isa und Lilli starren mich an, keine von beiden sagt auch nur einen Pieps. Und ich?

Hundertachtziggradschwenk und rauschender Abgang!

Die können mich mal, alle beide! Und die Schule, die fiese Sophie und diese ganze beknackte Redaktion gleich mit.

Wieder zu Hause.
Stimmung: unterirdisch.

»Und?«

Warum war irgendwie klar, dass mir zu Hause als Erstes Emma über den Weg laufen würde? Mit einem breiten Grinsen öffnet sie die Haustür, bevor ich überhaupt meinen Schlüssel raussuchen kann. Oberlässig lehnt sie im Türrahmen und kaut Kaugummi. »Wie ist es denn gelaufen?« Sie lässt mir nicht mal Zeit, zu antworten, da sagt sie schon: »Soll ich dir bei Gelegenheit den neuen Cola-Automaten im Erdgeschoss zeigen? Damit du weißt, wo du die Getränke für deinen neuen Chef holen kannst?«

»Halt du bloß die Klappe!« Ich drängele mich einfach an ihr vorbei ins Haus und stürme die Treppe nach oben in mein Zimmer, wo ich mich genervt auf mein Bett plumpsen lasse. Irgendwer hat Emma also schon von der Konferenz erzählt, wahrscheinlich diese überschminkte Tussi Sophie, die beiden sind schließlich in derselben Stufe. Haben bestimmt schön über dumme kleine Schwestern abgelästert. Das hat mir jetzt echt noch gefehlt!

Emmas Schadenfreude hat aber sicher noch einen anderen Grund: Letztes Jahr hat sie nämlich versucht, Hendrik zu überreden, dass er sie eine Klatschkolumne schreiben lässt. In jeder *Feder* wollte sie über Gerüchte an unserer Schule berichten. Tja, damit ist sie bei Hendrik gnadenlos abgeblitzt. Ist ja auch 'ne megadämliche Idee – hab ich ihr gleich gesagt. Kein Wunder also, dass es Emma ein Fest ist, wie ich heute aufgelaufen bin.

Oh Mann, kann bitte mal jemand diesen Tag aus dem Kalender streichen.

Und es ist gerade erst Mittag!

Missmutig setze ich mich auf und fange an, meine Schultasche auszuräumen. Als Erstes fallen mir dabei natürlich die zerknitterten Zettel mit meinen Themenvorschlägen in die Hände. Ich knülle sie zusammen und befördere sie mit einem Fußkick in den Papierkorb neben meinem Schreibtisch. Natürlich landen sie daneben, und ich muss auf dem krümeligen Boden rumkriechen, bis ich sie habe.

In meiner Schultasche klingelt es, und schon am Ton erkenne ich, wer es ist: Isa versucht mich auf dem Handy zu erreichen. Ich gehe nicht ran, von der will ich heute nichts mehr hören. Dann lasse ich mich rückwärts auf meine Tagesdecke fallen und starre an die Decke.

Während ich noch finster darüber nachgrübele, wie es jetzt weitergehen soll, klopft es an die Tür.

»Draußen bleiben!«, rufe ich. »Lasst mich bloß in Ruhe!« Die Tür geht trotzdem auf, meine Mutter steckt ihre Nase in mein Zimmer.

Was ist eigentlich mit Privatsphäre? Hat man als fast Zwölfjährige keine Menschenrechte? Warum sieht Amnesty da einfach weg?

»Hallo, Schatz«, sagt meine Mutter. »Du wolltest doch Anton zum Klavierunterricht bringen.«

»Was wollte ich?« Schon während ich das sage, fällt es mir wieder ein.

Mist, Mist, Mist, Mama hat recht, das habe ich ihr letzte Woche versprochen!

Mein kleiner Bruder hat einmal die Woche Unterricht in Winterhude, und weil es bis dahin vier U-Bahn-Stationen sind, muss ihn immer jemand bringen. Damit dem kleinen Mozart ja nix passiert. Tja, und heute bin wohl ich dran. Argh, es ist ja wirklich ZUM VERRÜCKT-WERDEN!!!

»Muss das denn sein?«, starte ich trotzdem einen lahmen Versuch, mich da irgendwie rauszuwinden.

»Carla«, kommt es prompt streng von Mama zurück. »Wenn du so was zusagst, muss ich mich schon darauf verlassen können. Ich muss gleich wieder zur Arbeit und hab keine Zeit, das weißt du doch.«

»Ist ja schon gut.« Stöhnend stehe ich vom Bett auf. Bringe ich die kleine Rotznase halt nach Winterhude, es nützt ja nichts. Außerdem, denke ich dann, kann ich bei der Gelegenheit gleich mal Tante Julia besuchen. Vielleicht hat sie ja eine gute Idee, wie ich die Katastrophe von der Redaktionskonferenz wieder ausbügeln kann.

Krisensitzung bei Tante Julia. Balsam für meine geschundene Reporterseele!

»Die wollten dich zum Kopieren und zum Einkaufen abkommandieren? Das ist doch wohl das Letzte!« Meine Tante ist die Beste! Gerade jetzt sieht sie mich so empört an, als wäre sie selbst es gewesen, die in der Konferenz so fertiggemacht worden ist. »Diese Anfänger haben ja keine Ahnung, was in dir steckt!«, ruft sie.

»Hm, ja, war schon echt doof, dass sie mich so runtergemacht haben«, gebe ich ihr recht und fische mir aus der großen Schüssel mit Süßigkeiten, die auf dem Couchtisch steht, noch einen Mini-Marsriegel. »Hatte ich mir auch alles etwas anders vorgestellt«, sage ich und stopfe mir die Schokolade in den Mund.

»Soll ich mal mit denen reden?«, schlägt Tante Julia vor.

»Wie, mit denen reden?«

»Ganz einfach: Zur nächsten Redaktionskonferenz komme ich mit und stoße den Herrschaften da mal richtig Bescheid.«

»Oh, neee, lieber nicht!« Fast verschlucke ich mich an meinem Mars-Riegel. »Dann halten die mich doch erst recht alle für ein Baby!«

Tante Julia ist echt ein Schatz, aber da kann ich ja gleich die Schule wechseln.

»Ja, stimmt«, gibt meine Tante mir recht und legt nachdenklich die Stirn in Falten. Was irgendwie lustig aussieht, denn eigentlich ist Tante Julia ein total fröhlicher Typ, der ständig lacht. Sie hat braune, dicke Haare – die soll ich angeblich von ihr geerbt haben – und dazu mindestens eine Million Sommersprossen im Gesicht, weshalb sie immer gut gelaunt aussieht. Und wenn sie so wie jetzt versucht, böse zu gucken, nimmt man ihr das keine Sekunde lang ab.

»Weißt du, in meiner Anfangszeit als Journalistin war es auch erst ganz schön hart …« Dabei tritt ein fast verträumter Ausdruck auf ihr Gesicht, als hätte sie diese harte Zeit auf einer Insel unter Palmen verbracht.

Manchmal sind Erwachsene echt komisch.

»Das war auch alles andere als leicht, mich hat damals nämlich auch zuerst niemand ernst genommen. Alle waren ganz schön arrogant zu mir, haben mich *das Küken* genannt.«

»*Das Küken*? Oh Mann, wie gemein ist das denn ...«

Julia lacht. »Aber *eine* Kollegin, die war wirklich nett zu mir. Unsere Textchefin Gisela. Die hat mich nach meiner ersten Woche zur Seite genommen und mir ein Geheimnis verraten.«

»Ein Geheimnis?« Mit einem Schlag bin ich ganz Ohr und lasse sogar die Finger von dem Milky Way, mit dem ich mich gerade anfreunden wollte.

Tanta Julia nickt. »Ja«, sagt sie. »Und zwar hat sie mir die erste und wichtigste Journalistenregel verraten.«

»Nämlich?«

»*Du musst die Chance ergreifen, wenn sie sich bietet.* Das ist es, worauf es ankommt.«

»Aha.«

Ich bin ein bisschen enttäuscht. Das ist das große Geheimnis? Da hätte ich etwas Spektakuläreres erwartet. Aber Tante Julia nickt bedeutungsschwer.

»Ja, so einfach ist es. Am Ende kommt es nur darauf an, dass du zur richtigen Zeit am richtigen Ort bist. Und dass du zugreifst und deine Chance nutzt, wenn es so weit ist.«

»Wie soll das beim Kopieren und Cola-Holen passieren?«, gebe ich zu bedenken. »Glaube kaum, dass meine große Chance darin besteht, allen zu zeigen, dass ich den Getränkeautomaten bedienen kann.«

»Warte es einfach ab«, sagt meine Tante und grinst mich verschwörerisch an. »Hauptsache, du bist erst einmal Mitglied der Redaktion, damit hast du wenigstens schon einen Fuß in der Tür. Jetzt musst du nur noch abwarten, bis deine Chance kommt, und dann musst sie natürlich auch ergreifen.«

»Aha.«

Nun esse ich das Milky Way doch noch.

Mitten in der Nacht. Stimmung: grüblerisch, ein bisschen kämpferisch. Und vor allem leider sehr, sehr wach!

An Schlaf ist nicht zu denken, um kurz nach eins liege ich immer noch wach und denke über diesen einerseits aufregenden und andererseits vollkommen beknackten ersten Schultag nach. Und darüber, was Tante Julia gesagt hat. Vielleicht hat sie recht, ich sollte mich nicht gleich so verunsichern lassen, ist ja schließlich noch kein Starreporter vom Himmel gefallen. Dann denke ich an Isa.

Ein paarmal hat sie noch versucht, mich anzurufen, und jetzt, wo ich so im Dunkeln in meinem Zimmer liege, fühle ich mich auf einmal ziemlich mies, weil ich sie so angezickt habe. Sie kann ja nichts dafür, dass es bei der *Feder* schiefgelaufen ist und Frau Willich uns auseinandergesetzt hat. Aber jetzt ist es zu spät, um es heute noch zu klären, das muss bis morgen warten. Also noch ein Problem, das ich mit mir durch die Nacht schleppe.

Unruhig wälze ich mich von der rechten auf die linke Seite und versuche, endlich einzuschlafen. Eine Minute, zwei Minuten, vier Minuten, sieben Minuten … Zwecklos, ich bin einfach total durch den Wind.

Genervt schlage ich die Bettdecke zurück, stehe auf und tapse rüber zu meinem Schreibtisch. Daneben liegt meine Schultasche, ich angle darin nach dem Handy.

»Bist du auch noch wach?«, schreibe ich als SMS an Isa. Keine Minute später piept es. – »Ja!« – »Kann ich dich anrufen?«, will ich wissen. – »Okay!« –

»Hi, Isa!«, flüstere ich, als ich meine beste Freundin an der Strippe habe.

»Was gibt's denn?« Klar, sie klingt sauer, das kann ich verstehen. Wäre ich an ihrer Stelle auch, die Blödnase bei der Geschichte bin ja eindeutig ich gewesen und dann nicht mal mehr ans Telefon gegangen.

»Wollte mich für vorhin entschuldigen«, sage ich aufrichtig zerknirscht. »Da hab ich mich echt bescheuert benommen.«

»Ja«, gibt Isa mir recht. »Das hast du, oberbescheuert.«

»Ich weiß.«

»Lilli findet das auch«, fügt sie dann noch hinzu – und sofort könnte ich mich gleich wieder aufregen.

»Oh, findet Lilli das? Ist sie jetzt deine neue beste Freundin, oder was?« Isa kichert. »Was ist daran denn so lustig?«

»Dass man dich so leicht ärgern kann«, antwortet sie. »Aber das hast du verdient, hast mich da echt ganz schön doof stehen lassen.«

»Oberdoof und oberoberbescheuert. Tut mir leid.«

»Ist schon okay«, nuschelt Isa. »Also, was gibt's denn?«

Sie ist echt die Größte. Beste Freundin ever!!

»Ich hab noch mal nachgedacht«, sage ich. »Über die Redaktionskonferenz und wie das alles gelaufen ist und so.«

»Und jetzt willst du doch lieber mit zur Theater-AG kommen?«

»Isaaa! Jetzt nerv nicht. Nein, ich gehe auch zur nächsten *Feder*-Sitzung.«

»Echt? Aber die waren da doch total gemein zu dir.«

»Macht nichts«, sage ich. »Das muss eine angehende Journalistin schon abkönnen.«

»Aha. Wo hast du das denn plötzlich her?«

»Na ja, ich war vorhin bei Tante Julia. Und die hat gemeint, dass ich einfach nur ein bisschen Geduld brauche und abwarten muss, bis meine Chance kommt. Und dann muss ich zugreifen! Erste Journalistenregel!«

»Was für eine Chance soll das denn sein?«, will Isa wissen.

»Weiß ich auch noch nicht so genau«, gebe ich zu. »Aber wenn sie da ist, werde ich sie schon erkennen«, versuch ich es mir selbst schönzureden.

»Okay.« Ich kann deutlich hören, wie Isa am anderen Ende der Leitung gähnt, das Thema scheint für sie nicht ansatzweise so spannend zu sein wie für mich. Tatsächlich gähnt sie dann noch einmal und sagt: »Hör zu, ich bin echt total schlapp und müde. Aber wir sehen uns morgen in der Schule, ja?«

»Klar«, sage ich. »Schlaf gut und bis morgen.«

4. Kapitel

Ein paar Tage später. Eigentlich ein ganz normaler, langweiliger Morgen. Eigentlich. Doch das ändert sich schlagartig.

»Hast du es schon gehört?« Isa ist ganz aufgeregt. Noch bevor ich meine Jacke aufgehängt habe, zieht sie mich in die Ecke vor unserem Klassenzimmer. Da muss ja etwas ganz Wildes passiert sein, Isa ist doch sonst nicht so leicht aus der Ruhe zu bringen.

»Nee, was denn?«

»Henri hatte einen Unfall und liegt im Krankenhaus. Da muss er bestimmt für einige Zeit bleiben!«

»Henri? Kenn ich nicht. Geht der in die Parallelklasse?«

»Oh Mann, Carlaaaaa! Henri Aschenbrenner!«

»*Henri Aschenbrenner*?« Eigentlich habe ich ein ganz gutes Namensgedächtnis, aber da klingelt gerade gar nichts. Isa hüpft ungeduldig hin und her, offenbar ist sie enttäuscht, dass ich das Sensationspotenzial dieser Nachricht nicht sofort erkenne.

»Unser Chefredakteur – *dein* Chefredakteur!«

Jetzt macht es doch noch *klick*. »Meinst du etwa Hendrik Aschenbach?«, vergewissere ich mich. Isa nickt.

»Aschenbach, Aschenbrenner – ist doch wurscht. Du weißt ja, wen ich meine.« Nur gut, dass Isa keine Journalistin werden will. Mit der Einstellung käme sie bestimmt nicht weit. Die Nachricht an sich ist allerdings echt ein Schocker! Auweia!

»Und er liegt wirklich im Krankenhaus?«

Wieder ein Nicken.

»Hendrik war mit dem Fahrrad unterwegs. Eine Autofahrerin hat ihn beim Abbiegen übersehen. Die Hoheluftchaussee war nach dem Unfall komplett gesperrt, meine Mama stand fast eine Stunde im Stau. Sie hat den Krankenwagen noch gesehen. Ist erst gestern passiert.«

»Wie furchtbar! Und wie geht es Hendrik jetzt?«

»Weiß nicht genau. Auf alle Fälle soll er beide Beine gebrochen und eine ziemliche Gehirnerschütterung haben. Das plappert jedenfalls Nele Schweikert überall rum, die geht mit ihm in eine Stufe und gibt mir Nachhilfe. Ich glaube, sie ist verknallt in Hendrik, jedenfalls ist sie immer genau über alles informiert, was ihn betrifft. Hat gleich seine Eltern angerufen, als das Gerücht die Runde machte. Gott sei Dank hatte Hendrik einen Fahrradhelm auf, sonst wäre bestimmt noch was Schlimmeres passiert.«

»Aber«, stammle ich, denn langsam sickert die Bedeutung dieser Nachricht doch noch in mein lahmes Hirn, »was wird denn jetzt aus der *Feder*?«

»Tja, was meinst du, warum ich dir das erzähle?« Isa grinst. »Bei der *Feder* ist jetzt ein Job frei. Ich sage nur: *Chehefredaktheeeur*!«

Ich schüttle den Kopf. »Träum weiter.«

Isa knufft mich in die Rippen. »He! Was hat deine Tante gesagt? Die erste Journalistenregel: Du musst die Chance ergreifen, wenn sie sich bietet. Also bitte: Hier ist sie, deine Chance. Deinem Weg zu den Sternen steht nichts mehr im Weg!«

»Ja, seeehr witzig. Das ist keine Chance, das ist totaler Mist! Du hast doch gehört, was Hendrik auf der Konferenz gesagt hat: Die Anfänger machen *Back Office*. Diese blöde Sophie hat uns sogar als Babys bezeichnet.«

Isa grinst. »Falsch. Sie hat *dich* als Baby bezeichnet.«

»Da siehste. Die haben jedenfalls bestimmt nicht darauf gewartet, dass sich Carla aus der 6b für den Job meldet. Das machen die unter sich aus, garantiert!«

»Hah – machen sie eben nicht! Nele hat mir erzählt, dass es schon ein Treffen der älteren *Feder*-Redakteure Sophie, Lasse und Clarissa gab, und die sind mittlerweile total zerstritten. Lasse und Clarissa haben irgendwie keine Lust, den Job zu übernehmen, und Sophie möchte zwar, aber das wollten die beiden anderen nicht. Dann haben sie sich alle gezofft und jetzt macht es keiner. Also gibt's demnächst wohl erst mal keine *Feder* mehr, wenn sich kein anderer Chefredakteur findet.«

»Aber es muss doch noch irgendjemanden geben, der Lust dazu hätte. Das ist doch ein Traumjob. Verstehe ich absolut nicht.«

Isa zuckt mit den Schultern.

»Na ja, ist schließlich ’ne ganze Menge Arbeit. Das bindet sich nicht jeder gern ans Bein. Also: Auf zur nächsten offiziellen Redaktionskonferenz. Und wenn es tatsächlich stimmt, dass keiner den Job will – tja, dann meldest du dich einfach!«

Sie strahlt mich an.

Klar, völlig einfach. Nur melden. Kann praktisch jeder Depp.

Ein Tag später. Sonderredaktionssitzung der »Feder«. Stimmung: gespannt wie ein Flitzebogen plus total müde. Ganze Nacht überlegt, was ich mache, wenn keiner den Job will. Ergebnis: null Idee.

Sophie schaut so sorgenvoll, als ob ihr mindestens gerade der Zwerghamster weggestorben ist.

Dann räuspert sie sich, schaut sehr eindringlich in die Runde, die sich im Redaktionsraum versammelt hat, und beginnt mit Grabesstimme zu sprechen.

»Hallo und schön, dass ihr alle da seid. Ihr habt sicherlich schon von dem *furchtbaren* Unfall gehört, den Hendrik hatte.« Sie senkt ein wenig den Kopf, sodass ihr Haar nach vorne gleitet und das Gesicht halb verschleiert. Ihre Stimme stockt jetzt, fast so, als müsse sie gleich weinen.

Mann, Mann, Mann, das ist ja wirklich oscarreif. Wenn sie nicht so 'ne unglaubliche Zicke wäre, müsste man vor dieser Leistung fast den Hut ziehen. Wenn Isa und ihre Theater-AG wüssten, was für ein Talent hier an der Schule brach liegt.

»Hendrik wird eine Weile im Krankenhaus bleiben müssen. Das bedeutet natürlich, dass er als Chefredakteur der *Feder* erst mal ausfällt. Und ich fürchte, es bedeutet auch, dass wir nicht an dem anstehenden Schülerzeitungswettbewerb teilnehmen können.«

Aufgeregtes Gemurmel füllt den Redaktionsraum. Sophie lächelt. Freut sie sich etwa darüber?

Ein Mädchen aus der siebten Klasse meldet sich zu Wort.

»Aber kann ihn denn nicht jemand vertreten? Das darf doch nicht sein, dass die *Feder* jetzt einfach nicht mehr erscheint!« Sophie seufzt.

»Weißt du, Hanna, Clarissa geht demnächst auf Schüleraustausch. Und Lasse muss sich mehr um seine Noten kümmern, wenn er dieses Schuljahr heil überstehen will. Der hat leider nicht genug Zeit. Ich selbst hatte ja angeboten, Hendrik erst mal zu vertreten – aber das war bestimmten Mitgliedern der Redaktion nicht recht. Und jemand anders, der schon lange bei der *Feder* mitmacht, hat sich nicht gefunden.« Sie wirft einen waidwunden Blick in die Runde und sagt mit ersterbender Stimme: »Alle anderen, fürchte ich, haben einfach nicht genug Erfahrung im Blattmachen. Da hätten wir im Wettbewerb sowieso keine Chance. Es tut mir wirklich sooo leid!«

Diese blöde Kuh! Die will sich doch nur dafür rächen, dass niemand sie als Chefredakteurin wollte. Dass sie die *Feder* damit zu Grabe trägt, ist ihr völlig egal. Sonst würde sie doch jetzt gemeinsam mit uns nach einer anderen Lösung suchen. Ich sehe mich in unserer Runde um, alle schauen total ratlos aus der Wäsche. Die sehen nicht so aus, als würde gleich jemand mit einem tollen Vorschlag vorpreschen.

»Gut, dann beende ich die heutige Sitzung. Sobald es Hendrik wieder besser geht, machen wir mit der *Feder* weiter. Ich wünsche euch noch …«

Was hat Tante Julia gesagt? *Wenn sich die Chance bietet, musst du sie ergreifen!* Ich schlucke. *Los jetzt, Carla!*

»Ich habe da noch einen Vorschlag!«

Alle Köpfe wenden sich zu mir. Sophie starrt mich an wie eine Schlange, die gleich ein Kaninchen verschlucken wird.

»Sag bloß, unser Baby will Chefredakteur werden. Das ist ja mal ein guter Witz!« Sie fängt an, zu kichern. Mir wird warm. Selbst Lasse sieht so aus so, als würde er gleich losprusten. Unsicher stottere ich weiter.

»Äh … nein, also, ja … ich … äh.«

Oh, Mist, was nun? Das war ja ein supergeschliffener Vortrag, Carla!

»Was'n jetzt?«, faucht Sophie.

Verdammt, wenn mir nicht sofort etwas Grandioses einfällt, brauche ich mich in der Redaktion nie mehr blicken zu lassen. Dann bin ich blamiert bis ins nächste Jahrtausend. Was würde eine Vollblutjournalistin jetzt tun? Was würde die legendäre Juni Jupiter sagen?

Juni Jupiter? Genau! Das ist es!

»Also, ich habe eine Idee, wer die Chefredaktion übernehmen kann, solange Hendrik fehlt: Die berühmte Juni Jupiter! Sie würde es machen.«

5. Kapitel

Immer noch Redaktionssitzung.
Juni Jupiter schlägt ein wie eine Bombe!
Stimmung: JA! Ich bin die Größte!
Dauer dieses Gefühls: zwei Sekunden.
Schadensanalyse: dickes, fettes Problem,
genannt Lüge …

Sophie fällt die Kinnlade runter. Und Lasses Lippen formen einen stummen Pfiff. Clarissa spricht schließlich aus, was sich wahrscheinlich gerade alle fragen:

»Du meinst, *die* berühmte Juni Jupiter würde die Chefredaktion der *Feder* übernehmen? Die Internetbloggerin?« Sie schüttelt ungläubig den Kopf. »Warum sollte sie das tun? Das macht die doch nie im Leben! Eine Top-Journalistin und eine Schülerzeitung – träum weiter.«

Okay, hier könnte ich jetzt noch mal die Kurve kriegen und einfach sagen, dass ich nur *glaube*, dass sie es machen würde, und ich ihr einfach mal eine E-Mail schicke, nur so als Anfrage. Dann werden vermutlich alle lachen, die Sache ist gegessen und ich bin für das restliche Schuljahr der Depp, der ernsthaft vorgeschlagen hat, eine echte Starjournalistin könnte sich um unsere kleine, popelige Schülerzeitung kümmern. Aber irgendwie gefällt mir dieser Gedanke nicht sonderlich. Um eine Chance zu ergreifen, muss man eben auch mal ein Risiko eingehen! Und bevor ich noch weiter darüber nachdenken kann, höre ich mich sagen:

»Warum soll das denn nicht passen? Juni fand die Idee, dem journalistischen Nachwuchs unter die Arme zu greifen, spannend. Sie hat gesagt, dass sie das gern macht, bis Hendrik wieder da ist.«

Verdammt, verdammt, verdammt!

Lasse kratzt sich am Hinterkopf und sieht mich nachdenklich an.

»Sie sagt, sie macht das gern? Heißt das, du hast mit ihr gesprochen? Also, *selbst* gesprochen?«

»Ja, natürlich. Wie denn sonst?«

Was soll denn die blöde Frage?

»Ich mein ja nur. Immerhin ist Juni Jupiter eine echte Legende, und bis heute weiß niemand, wer sich hinter diesem Namen in Wirklichkeit verbirgt.«

Mist, da hat er recht. Daran hatte ich nicht gedacht, als ich meine Geschichte aufgetischt habe. Ich kann hier kaum zugeben, dass Juni meine Tante ist. Dann wollen alle sie kennenlernen, und zack, kommt raus, dass ich mit ihr so was von gar nicht gesprochen habe und sie nicht mal was davon ahnt. Ganz zu schweigen davon, dass mir meine Tante mit Sicherheit den Hals umdreht, wenn ich jetzt einfach verrate, wer hinter dem Namen »Juni Jupiter« steckt. Da hilft wohl nur eins: Volldampf voraus mit einer weiteren Lüge. Wenigstens einer klitzekleinen.

»Tja, Juni achtet tatsächlich genau darauf, wem sie sich zu erkennen gibt. Aber ich habe das Glück, aus einer berühmten Journalistenfamilie zu stammen. Juni Jupiter ist häufig bei uns zu Gast, da habe ich sie einfach gefragt.«

Während die meisten Redaktionsmitglieder so

aussehen, als würde ihnen das als Erklärung reichen, scheint mir Lasse kein Wort zu glauben. Er zieht seine Augenbrauen jedenfalls so zusammen, dass sie sich in der Mitte fast berühren. *Kein gutes Zeichen, überhaupt kein gutes Zeichen.* Denn gerade an seiner Meinung liegt mir viel. Warum, weiß ich auch nicht so genau. Hat vielleicht damit zu tun, dass er der Einzige war, der mich gegen die fiese Sophie verteidigt hat. Oder es liegt an seinen wuscheligen Haaren, mit denen er fast ein bisschen wie ein süßer Golden-Retriever-Welpe aussieht?

Apropos »fiese Sophie« – die hat sich offenbar auch wieder gefangen und beschlossen, noch ein paar Gemeinheiten in meine Richtung abzufeuern.

»Das ist ja alles schön und gut. Es ist auch toll, dass solche Berühmtheiten bei euch ein und aus gehen – aber wenn sie es wirklich machen will, müssen wir sie natürlich kennenlernen. Und das möglichst bald, wenn wir in acht Wochen ein neues Heft haben wollen, dann müssten wir richtig Gas geben.«

»Kennen lernen? Juni soll vorbeikommen?« Ich starre Sophie entsetzt an. Zustimmendes Nicken, und leider nicht nur von Sophie. Auch Lasse, Clarissa und überhaupt alle anderen scheinen ihrer Meinung zu sein.

Jetzt meldet sich noch mal Lasse zu Wort.

»Na klar muss sie herkommen. Wie sollen wir denn sonst zusammenarbeiten?«

»Dddd … äh… das geht nicht«, stottere ich, »sie will doch pseudonym … äh … anonym bleiben, äh, unerkannt halt. Und, ehm, sie hat auch überhaupt nicht die Zeit, immer hier in die Schule zu kommen.«

»Anders wird es wohl nicht gehen«, sagt Sophie und grinst. Sie scheint aus unerfindlichen Gründen meine Unsicherheit zu bemerken. »Wie sollen wir sonst mit ihr die Zeitung machen? Aber keine Sorge, du kannst ihr ausrichten, dass wir ihre Identität natürlich absolut vertraulich behandeln. Ehrenwort!«

Ja, genau, du Schlange, dir trau ich nicht mal so weit, wie ich Kugelstoßen kann. Mal ganz davon abgesehen, dass Tante Julia ja ohnehin nicht bei der *Feder* vorbeischauen wird. Schließlich hat sie keine Ahnung von meinem brillanten Vorschlag.

Lasse sieht mich aufmunternd an. »Du solltest unbedingt mit ihr sprechen, Carla. Wenigstens bei einer ersten Sitzung müssten wir sie schon treffen, einfach, um eine gemeinsame Marschroute festzulegen. Später können wir dann sicher viel über Mail und Telefon mit ihr klären.« Jetzt lächelt er, in seiner linken Wange entsteht ein Grübchen, und ich weiß gerade nicht, ob mir von all meinen gigantomanischen Lügen so flau im Magen wird – oder von Lasses Grübchenlächeln.

»Ja, klar, das verstehe ich …«, sage ich unsicher und denke gleichzeitig fieberhaft darüber nach, wie ich die Situation retten kann. Weil mir nix einfällt, fasele ich einfach weiter: »Darüber habe ich mit ihr natürlich auch schon längst gesprochen, ist ja klar … Aber … äh … also, Juni Jupiter hat wirklich nicht die Zeit, an unseren Konferenzen teilzunehmen. Trotzdem meint sie, dass sie uns gern hilft – aber im Wesentlichen sollen wir die Zeitung schon allein machen, das wäre ja sonst total unfair.« Jetzt glotzen mich die anderen verständnislos an.

Sophie spricht aus, was vermutlich alle denken:

»Also, was denn jetzt? Will sie die Chefredaktion übernehmen – oder sollen wir die *Feder* allein machen?«

»Ja, äh, nein … Also, sie übernimmt die Chefredaktion, aber quasi nur als Aufsicht. Also Supervision.« Keine Ahnung, wo ich dieses Wort plötzlich herhabe, es war einfach so in meinem Kopf.

»Super-wasfürnding?«, wiederholt Clarissa prompt und sieht mich verständnislos an.

»Supervision. Wir zeigen ihr unser Konzept, unsere Themenvorschläge, unsere Texte und später die fertigen Seiten. Und sie geht dann über alles drüber und sagt ihre Meinung dazu und regt Verbesserungen an.«

Uff, gerade so geschafft. Ob sie das schlucken?

»Das klingt ja prima«, wirft Lasse ein, und ich atme auf. »Nur: Wie genau sagt sie uns ihre Meinung, wenn sie überhaupt nicht da ist?«

Kluger Bursche. Ein guter Punkt, ein wirklich sehr guter Punkt. Carla, sag was, irgendwas!

»Über mich!«, platze ich heraus. »Ich bin ihr Sprachrohr, quasi ihre Stellvertreterin.«

Sophie betrachtet mich spöttisch. »Sprachrohr? Stellvertreterin?«

Ich nicke heftig. »Ja! Ich kenne sie und mir vertraut sie. Also lege ich ihr alles vor und nehme dann Junis Anmerkungen mit in jedes Treffen und trage sie vor.«

Sophie lässt wieder einen ihrer superhochnäsigen Schnauber ertönen und schüttelt dabei ihre Mähne. »Sorry, aber das klingt für mich ziemlich kompliziert.«

»Finde ich nicht«, kontert Lasse, und ich kann nicht anders, als ihn dankbar anzulächeln. Okay, das weiß er natürlich in diesem Moment nicht, aber ich bin ihm trotzdem dankbar. »Wenn Juni Jupiter nur Carla vertraut und es so machen will, spricht meiner Meinung nach nichts dagegen. Ich finde, es ist eine tolle Chance, die uns da angeboten wird, und wir sollten unbedingt zugreifen! Welche Schülerzeitung hat schon das Glück, von einem echten Profi betreut zu werden?« Alle nicken zustimmend. Bis auf Sophie, die guckt einfach nur angezickt, aber das war ja ohnehin klar.

»Also, ich weiß nicht«, sagt sie. »Nicht dass ich

Carla nicht traue«, Sophie sieht mich an, und ich merke, wie ich unter ihrem Blick langsam schockgefrostet werde, »aber bevor wir behaupten, dass Juni Jupiter unsere neue Chefredakteurin ist, sollten wir doch wohl irgendetwas Schriftliches von ihr haben. Nicht dass dich jemand einfach angeschmiert hat und nachher verklagt uns die echte Juni.«

»Hm«, meint Clarissa, »da hast du natürlich recht, wäre vielleicht wirklich ganz gut.« Wieder sind alle Blicke auf mich gerichtet, ich merke, wie mir regelrecht heiß und kalt wird.

Oh je, muss ich denn schon wieder was sagen? Irgendwie verheddere ich mich hier gerade ganz schön! Etwas Schriftliches? Wo in aller Welt soll ich das denn herkriegen?

Ich räuspere mich.

»Na gut«, sage ich zu Sophie und setze mein bestes Pokerface auf: »Wenn du sonst nachts nicht schlafen kannst, gucke ich mal, ob mir Juni etwas Schriftliches gibt. Das sollte ja wirklich kein großes Problem sein.«

Zwei Stunden später,
bei Isa zu Hause in ihrem Zimmer.
Stimmung: ratlos. Sehr ratlos.

»Äh, habe ich das richtig verstanden?«, will meine beste Freundin wissen. »Du hast behauptet, Juni Jupiter übernimmt die Chefredaktion der *Feder*?«

Ich nicke. »Ja, habe ich.«

»Wie bist du denn auf diese mega-bescheuerte Idee gekommen? Das macht deine Tante doch NIE!« Isa gehört zu den wenigen Menschen, die ebenfalls wissen, wer sich hinter dem Namen Juni Jupiter verbirgt. Aber sie hat mir, als ich es ihr mal erzählt habe, hoch und heilig versprochen, es niemals jemandem zu verraten.

»Ich weiß«, sage ich und höre dabei selbst, wie unglücklich ich klinge.: »Aber was hätte ich denn sonst tun sollen?«

»Deine Klappe halten?«, schlägt Isa vor.

»Ja, aber DU hast doch gesagt, dass ich mich

melden soll, wenn keiner die Chefredaktion will!«, gebe ich bockig zurück.

»Das stimmt«, sagt sie. »Aber doch nicht als Juni Jupiter!«

»Sehr witzig! Wenn ich mich selbst vorgeschlagen hätte, hätte das doch keiner ernst genommen.«

»Das weißt du gar nicht!«

»Klar weiß ich das!« Mittlerweile bin ich richtig laut geworden, so sehr ärgert mich Isas Reaktion. »Und dann hätte die blöde Sophie dafür gesorgt, dass es erst einmal gar keine *Feder* mehr gibt! Und mit dem Wettbewerb wäre es das dann auch gewesen.«

»Na und? Davon geht die Welt doch nicht unter!«

»Deine Welt vielleicht nicht!«

Prompt geht die Zimmertür auf, Isas Mutter steckt ihren Kopf herein und sieht uns fragend an.

»Alles bestens«, sagt Isa schnell. »Wir üben gerade nur eine Szene für die Theater-AG.«

»Aha.« Isas Mutter schüttelt etwas verwundert den Kopf, dann verschwindet sie wieder.

»Deine Welt geht vielleicht nicht unter«, wiederhole ich flüsternd. »Aber ich habe auf diese Chance seit Jahren gewartet, die lasse ich mir jetzt nicht einfach nehmen!«

»Ich verstehe dich ja«, sagt Isa und klingt wieder etwas versöhnlicher. »Ich mache mir nur Sorgen, wo deine Lüge so hinführen kann.«

Ich seufze. »Glaub mir, die Sorgen mache ich mir auch.« Einen Moment lang schweigen wir uns an und grübeln beide über die mehr als verfahrene Situation.

»Ich glaube, du hast nur eine Möglichkeit«, meint Isa schließlich.

»Wenn du damit meinst, dass ich es vor allen zugeben soll – das kommt überhaupt nicht in die Tüte!«

Isa schüttelt den Kopf. »Nein, das wollte ich gar nicht vorschlagen. Dann wärst du total erledigt.«

Na super, vielen Dank, du beste Freundin du!

»Aber ich finde«, fährt sie fort, »du musst mit deiner Tante reden und ihr alles erzählen. Das solltest du in jedem Fall tun, denn wenn sie mitkriegt, dass du ohne ihr Wissen ihren Namen benutzt, gibt es garantiert mächtig Ärger. Dir bleibt also gar keine andere Wahl, als es ihr zu beichten.«

»Glaubst du?«

»Ja, eine andere Möglichkeit sehe ich nicht. Und vielleicht findet sie es ja auch gar nicht so schlimm. Alles was du von ihr brauchst, ist eine schriftliche Bestätigung, dass du quasi ihre Assistentin bist. Wenn sie dir die gibt, ist alles in Butter.«

»Ja.« Ich seufze. »Vielleicht lässt sie sich ja drauf ein?«

»Ich könnte mir das schon vorstellen«, macht Isa mir Mut.

»Eigentlich ist deine Tante doch echt in Ordnung.«

»Ja, das ist sie wirklich.«

»Und wenn nicht«, prustet Isa, »kannst du dann immer noch vor den anderen zugeben, dass du gelogen hast.«

Ich starre Isa entsetzt an.

»Hey, war ein Scherz«, beruhigt sie mich. »Wenn es schiefgeht, dann kommst du einfach mit mir in die Theater-AG.«

6. Kapitel

Nachmittags: bei Tante Julia.
Im Gepäck: meine brillante Idee mit
Juni Jupiter und feuchtkalte Handflächen …

»Carla! Was machst du denn schon wieder hier?«

Na, ein bisschen mehr Enthusiasmus hätte ich mir von der liebenden Tante schon erwartet. Na gut, sooo oft besuche ich sie sonst normalerweise wirklich nicht.

Aber in meinem Leben ist ja momentan auch nichts mehr normal.

»Stör ich gerade?«, frage ich.

»Nein, gar nicht, komm rein! Du hast Glück, dass du mich überhaupt zu Hause erwischst. Normalerweise müsste ich in der Redaktion sein, aber ich hatte bis eben Besuch vom Handwerker. Meine Waschmaschine ist kaputt.« Sie lässt die Tür aufschwingen, ich trotte in den Flur. »Was verschafft mir denn die Ehre?«

»Also«, fange ich an und merke, dass meine Stimme vor Aufregung ein bisschen zittert. »Heute war noch einmal eine Konferenz der *Feder*, davon wollte ich dir erzählen.«

»Da bin ich ja mal gespannt!« Wir gehen ins Wohnzimmer, ich lasse mich auf dem Sofa nieder und stelle erfreut fest, dass Julia die Süßigkeitenschüssel schon wieder neu aufgefüllt hat. »Schieß los«, fordert sie mich auf, nachdem sie in dem Sessel gegenüber Platz genommen hat.

»Es war richtig toll! Und total aufregend!« Jetzt bekomme ich auch noch heiße Ohren, bestimmt leuchten die schon rot.

»Dann spann mich mal nicht länger auf die Folter!«

»Die Sache ist die: Hendrik Aschenbach, der bisherige Chefredakteur der *Feder*, hatte einen fiesen Fahrradunfall und ist deshalb eine ziemlich lange Zeit krankgeschrieben. Tja, und jetzt muss natürlich ein neuer Chefredakteur her und –«

In diesem Moment klingelt Tante Julias Telefon, sie verdreht genervt die Augen, steht aber auf, um sich das Mobilteil auf der Kommode neben dem Sofa zu schnappen.

»Julia Nieburg?«, meldet sie sich. Pause. Dann: »Das passt gerade nicht so gut, meine Lieblingsnichte ist zu Besuch hier.« Sie zwinkert mir zu. Dann seufzt sie. »Ach so, gut, okay, fünf Minuten, ja?« Dann legt sie eine Hand auf den Hörer. »Carla, das ist wichtig, ich mach's kurz, ja?« Ich nicke, meine Tante verschwindet nebenan in ihrem Büro.

Ich knibble an meinen Fingernägeln und starre in die Schüssel mit den Süßigkeiten, als liege dort die Lösung all meiner Probleme vergraben. Das ist natürlich nicht so, aber zu meiner Begeisterung stelle ich fest, dass sich diesmal neben Mars, Twix und Milky Way noch kleine Smarties-Schachteln darin befinden. Ich schnappe mir eine, öffne sie – und kippe mir den gesamten Inhalt schwungvoll in den Mund.

»WAAAAS?« Meine Tante schreit so laut, dass ich mich vor lauter Schreck beinahe verschlucke. »Das kann ja wohl nicht wahr sein!«, höre ich sie schimpfen. »Was denkt der sich denn? Also gut, ich bin in zehn Minuten da, das werde ich sofort persönlich mit ihm klären!« Eine Sekunde später kommt Tante Julia zurück ins Wohnzimmer gestürmt. Ihr Kopf ist knallrot, sie sieht aus, als würde sie im nächsten Moment einen Herzinfarkt bekommen.

»Ist was passiert?«, will ich hustend wissen.

»Ach, nur der übliche Ärger in der Redaktion«, sagt sie, während sie sich ihre Handtasche vom Wohnzimmertisch schnappt und hektisch darin herumwühlt. »Einer meiner Redakteure von *Leben aktuell* hat ziemlichen Mist gebaut«, erklärt sie. »Hat sich unter falschem Namen bei einer Adelshochzeit eingeschlichen und dort heimlich Fotos gemacht, obwohl man uns untersagt hatte, darüber zu berichten.«

»Und das ist schlimm?«, frage ich. Gleichzeitig spüre ich, wie sich in meinem Hals ein Kloß bildet. Ein Kloß aus Smarties – und einer bösen Vorahnung.

»Natürlich ist das schlimm! So was darf man nicht tun, wenn man vernünftigen Journalismus machen will! Damit ruiniert er den Ruf unserer Zeitschrift! Wenn sich erst einmal rumspricht, dass bei uns mit solchen Methoden gearbeitet wird, bekommen wir irgendwann gar keine Interviews mehr, das ist doch wohl klar.«

»Verstehe.« Der Kloß wird dicker und dicker. Und dann sagt meine Tante etwas, das bei mir fast zum Atemstillstand führt: »Deshalb lautet die zweite wichtige Journalistenregel auch: Bleib immer bei der Wahrheit, egal was du tust. Auf Dauer bringt dich nur die Wahrheit weiter, mit Lügen erreichst du letzten Endes gar nichts!« Sie wühlt weiter in ihrer Tasche, dann holt sie schließlich ihren Autoschlüssel hervor. »Tut mir leid, Carla«, sagt sie, »ich muss jetzt dringend in die Redaktion fahren und das klären. Wenn du magst, kannst du gern auf mich warten, in einer Stunde bin ich bestimmt wieder hier, und dann kannst du mir in Ruhe alles erzählen.« Ich sage nichts, starre sie nur an und konzentriere mich darauf, trotz Smarties, Kloß im Hals und Atemstillstand wieder Luft zu bekommen. »Carla?« Sie mustert mich besorgt. »Alles okay mit dir? Du siehst so blass aus.«

»Alles prima!«, krächze ich. »Ich brauch nur einen Schluck zu trinken.«

»Holst du dir selbst was aus der Küche? Ich muss jetzt los, aber ich beeile mich.« Mit diesen Worten ist sie auch schon raus aus dem Wohnzimmer, eine Sekunde später höre ich das Klappen der Wohnungstür.

Ich bleibe wie schockgefrostet auf dem Sofa sitzen. Aber immerhin löst sich der Kloß in meinem Hals, dafür herrscht in meinem Kopf ein ziemliches Kuddelmuddel.

Immer bei der Wahrheit bleiben. Oberste Journalistenregel.

Was mache ich denn jetzt? Tante Julia von der Konferenz zu erzählen und sie darum zu bitten, mir eine Bestätigung für die anderen Redaktionsmitglieder zu schreiben, in dem sie mal eben meine Schwindelei deckt, kann ich vergessen. Aber was heißt geschwindelt? Wenn ich ehrlich bin, war es ja eine faustdicke Lüge. So wütend wie sie eben aussah, wird sie bestimmt megasauer auf mich werden. Aber was soll ich denn sonst machen? Entweder, Tante Julia flippt aus – oder ich bin bei den anderen für alle Zeiten unten durch, wenn ich zugebe, dass ich mir das mit Juni Jupiter nur ausgedacht habe.

Mist, Mist, Mist! Was hast du dir dabei nur gedacht?

Ich stehe auf und wandere ratlos durchs Wohnzimmer. Und wenn ich Tante Julia doch alles beichte? Vielleicht ist sie ja gar nicht so böse auf mich und versteht es? Schließlich hat sie mir doch selbst geraten, die Chance zu ergreifen, wenn sich mir eine bietet. Aber irgendwie werde ich das Gefühl nicht los, sie hat da etwas anderes gemeint, jedenfalls nichts, was Lügen beinhaltet. Vor meinem inneren Auge taucht das Bild der fiesen Sophie auf, die mich richtig gemein auslacht. Die blöde Kuh würde sich bestimmt von hier bis zum Mond freuen, wenn ich bei der nächsten Konferenz zugeben müsste, dass ich mit meiner Behauptung, Juni Jupiter würde uns helfen, ein kleines bisschen übertrieben habe. Und wie ich die Tratschzicke kenne, würde sie es dann auch brühwarm überall rumerzählen: Carla ist eine blöde Lügnerin! Auweia, dann wissen es bald alle an der

Schule und ich kann ich mich nirgends mehr blicken lassen! Komischerweise muss ich jetzt an Lasse denken und daran, wie er mir nach der Sitzung noch anerkennend auf die Schulter geklopft und gesagt hat, wie toll er es findet, dass ich Juni Jupiter für uns gewinnen konnte. Was wird der dazu sagen? Bestimmt alles andere als *toll!* Oh, nein, bestimmt kriegt sogar der Direx von der Sache Wind! Und meine Eltern! Es wird eine Klassenkonferenz geben, ich fliege vom Gymnasium, und dann …

Okay, Carla, atme, atme! Konzentrier dich, bleib ganz ruhig! Sei kreativ … Alles was du brauchst, ist ein Brief von Tante Jupiter. Ein Bestätigungsschreiben. Oder eine Mail. Irgendwas halt, das kann doch nicht so schwierig sein …

Mein Blick fällt auf die angelehnte Tür zum Büro. Da steht Tante Julias Computer. Ein paarmal durfte ich daran schon Hausaufgaben machen, er ist meistens an.

Und wenn ich jetzt … *Nein,* rufe ich mich selbst zur Ordnung, *lass das bloß! Du hast dich schon tief genug in die ganze Sache reingeritten, das Beste ist, du gibst einfach alles zu und hoffst, dass es nicht so schlimm wird …* Wieder muss ich an Lasse denken. Der ist wirklich nett, vor allem zu mir.

Ehe ich selbst weiß, wie ich dahingekommen bin, sitze ich auf einmal vor Tante Julias Computer. Er ist tatsächlich an. Und als würde mir das Schicksal etwas sagen wollen, ist sogar ihr E-Mail-Programm offen. Ich setze mich auf den Schreibtischstuhl und klicke mit der Maus das Fenster für eine neue E-Mail auf. In der Absender-Zeile habe ich die Auswahl zwischen zwei Absenderadressen: einmal ihre ganz normale als Julia Nieburg, einmal ein Konto für ihr Geheim-Pseudonym »Juni Jupiter«. Einen kurzen Moment zögere ich noch. Doch dann fangen meine Finger wie von selbst an zu tippen. Ich schreibe an die Mail-Adresse der *Feder*. *Nur ein einziges Mal*, beruhige ich mich selbst. *Nur diese eine Mail, eine kurze Bestätigung im Namen von Juni Jupiter. Mehr brauche ich ja gar nicht, danach wird alles wie von selbst laufen!*

Keine Panik!

7. Kapitel

Drei Tage später. Ort: Redaktionsraum der »Feder«. Auftritt: meine Wenigkeit – als Heldin der Stunde!

Sie schlucken es, sie schlucken es tatsächlich!

Lasse ist ganz euphorisch, als er allen laut die Mail von Juni Jupiter vorliest:

Liebe Redaktion der Feder!

Ich freue mich, dass ihr bereit seid, mit mir zusammen an der nächsten Ausgabe zu arbeiten! Wie ihr von Carla ja schon wisst, kann ich aus zwei Gründen leider nicht an den Sitzungen teilnehmen: Zum einen muss ich sehr genau darauf achten, dass meine Identität geheim bleibt – zum anderen fehlt mir schlicht die Zeit dazu. Aber ich bin mir sicher, wir werden auch so ein tolles Heft hinbekommen! Hiermit bestätige ich auch gleichzeitig, dass ich Carla Ehrenthal als meine Assistentin einsetzen möchte. Der Kontakt zu mir verläuft also immer über sie, als Bindeglied zwischen Redaktion und Chefredaktion …

Während Lasse weiterliest, beobachte ich Sophie. Hah, auf der nach oben offenen Richterskala der blöden Gesichtsausdrücke holt sie gerade einen neuen Weltrekord. Das Leben kann so schön sein. Sie sieht aus, als würde sie jeden Moment grün anlaufen oder vom Stuhl fallen oder schlichtweg explodieren. Damit hat sie nicht gerechnet! Ich ja, wenn ich ehrlich bin, auch nicht. Mit einem Schlag sind jetzt alle meine Probleme gelöst, ich muss Tante Julia nichts erzählen, und die anderen glauben mir. Damit steht einer neuen Ausgabe der *Feder* nichts mehr im Weg! Okay, da ist das klitzekleine Problem, dass ich ja noch null Erfahrung habe, wie man so eine Zeitung macht. Aber das kriege ich schon irgendwie hin, ganz klar, und wenn's ganz hart wird, kann ich mir ja vielleicht tatsächlich den einen oder anderen Tipp von Tante Julia holen. Ganz unverbindlich …

Dass Tante Julia zufällig rausbekommt, was ich mir da zusammengeflunkert habe, ist total unwahrscheinlich, schließlich wird die *Feder* nur an unserer Schule verkauft, mehr als zwei-, dreihundert Hefte sind das nicht. Und wenn Tante Julia mich nach einem Freiexemplar fragen sollte, wird mir schon eine Ausrede einfallen. Eins nach dem anderen. Oder ich behaupte in einer der nächsten Sitzungen einfach, dass Juni Jupiter nicht möchte, dass ihr Name in der Zeitung erscheint, weil … weil … Na ja, darüber denke ich nach, wenn es so weit ist. Fürs Erste bin ich froh, dass ich das Problem so gut gelöst habe.

»Ich finde das alles total bescheuert«, unterbricht Sophie meine Gedanken.

»Was genau meinst du?«, will Lasse wissen.

»Na, dass Juni Jupiter die Chefredaktion macht, sich aber bei uns nicht blicken lässt und wir stattdessen alle auf Carla hören sollen.«

»Ich bin ja nur Junis Assistentin«, sage ich.

»Finde ich trotzdem blöde«, giftet Sophie weiter. Dann verschränkt sie bockig die Arme vor der Brust und fügt hinzu: »Und deswegen mache ich da nicht mehr mit. Ihr könnt euch eine neue Fotochefin suchen!«

Oh nein! Sophie ist zwar eine Giftspritze, aber die Fotos in der *Feder* waren immer ziemlich gut. Wenn sie jetzt hinschmeißt, wäre das richtig doof.

»Mann, Sophie, was soll das denn wieder?«, will Lasse von ihr wissen. Er klingt genervt.

»Du, ich habe immer gern mit Hendrik zusammengearbeitet. Weil ich wusste, dass er eine tolle Zeitung macht, die gut zu meinen Fotos passt. Wenn wir jetzt eine Chefin haben, die geheimnisvollerweise gar nicht selbst kommt, sondern nur ihre Assistentin schickt, die überhaupt keine Ahnung von Journalismus hat, dann ist das nichts mehr für mich. Meine Ansprüche sind da einfach höher. Ihr könnt euch natürlich gern melden, wenn Hendrik wieder an Bord ist.«

Als echte Chefredakteurin sollte ich nun nicht stumm wie ein Fisch dasitzen, sondern meine soziale Kompetenz einbringen und an Sophies Verantwortung als Teamplayer appellieren, um sie noch umzustimmen.

»Das ist wirklich schade, Sophie. Ich habe die *Feder* auch immer wegen der guten Fotos gekauft. Und es wäre doch toll, wenn wir die *Feder* gemeinsam weitermachen könnten und vielleicht am Ende sogar den Preis gewinnen!«

Sophie sieht mich an und verzieht das Gesicht.

»Wen meinst du denn mit *wir*? Du hast doch keine Ahnung von der *Feder*, du Küken. Wie willst du denn einen Preis gewinnen? Das ist doch völlig hirnrissig. Aber vielleicht findest du ja ein paar Grundschüler, die dir helfen. Dann könnt ihr hier endgültig einen Kindergarten aufmachen. Viel Glück dabei!«

Mit diesen Worten räumt sie Stift und Block in ihre Tasche, steht auf und geht. *Okay, war nix mit Teamplayer*, hätte ich mir denken können. *Vielleicht muss ich als Chefredakteurin noch ein bisschen üben. Als Assistentin der Chefredakteurin auch.*

»Wer macht denn dann jetzt die Fotos?«, will Felix wissen. Felix geht in meine Parallelklasse und ist dort der Klassenclown. Dass der sich überhaupt für die Schülerzeitung interessiert, hat mich überrascht. Vielleicht will er in Zukunft die Witzseite der *Feder* betreuen? Jedenfalls hat er das Problem auf den Punkt gebracht. Ich zucke mit den Schultern, dann gucke ich zu Clarissa und Lasse rüber. Neuer Versuch: »Tja, was meint ihr? Ich denke, ihr habt die meiste Erfahrung. Fällt euch jemand ein?«

Die beiden schütteln den Kopf. *Das geht ja gut los!*

Clarissa räuspert sich. »Ich bin nur noch drei Wochen hier, dann beginnt mein Schüleraustausch. Fotos kann ich also auch nicht machen. Dann müssen wir wohl jemand Neues suchen.«

Lasse nickt.

»Ja, das müssen wir dringend machen. Eine Zeitung ohne gute Fotos ist langweilig. Und einen Preis gewinnt man damit schon gar nicht. Wir brauchen jemanden mit einem guten Auge! Jemanden, der die Welt gewissermaßen durch die Linse einer Kamera sieht!«

Die Welt durch eine Kamera sehen! Genau! Ich kenne doch jemanden, auf den diese Beschreibung hundertprozentig zutrifft: Lilli! Ich hoffe, die ist nicht noch sauer auf mich. Falls doch, muss ich mich wohl mal ganz dringend bei ihr entschuldigen! Das mache ich morgen gleich als Erstes. Wäre doch gelacht, wenn wir den Laden nicht auch ohne Sophie schmeißen. *So leicht lässt sich Juni Jupiters Assistentin nicht unterkriegen!*

Zwei Stunden später. Zu Hause.
Problemanalyse: Fiese Sophie ersetzen,
Gedanken über die »Feder« machen.
Viele! Viele gute!

»Anton! Aaaaaaanton!« Als ich zu Hause ankomme, erwartet mich eine interessante Szenerie: Magdalena, unser früheres Au-Pair-Mädchen aus der Ukraine, das jetzt in Hamburg studiert und sich hin und wieder mit Babysitten bei uns ein paar Euro dazuverdient, sitzt mit bunt bemaltem Gesicht und im Rücken gefesselten Händen unten auf der Treppe zur oberen Etage und brüllt laut nach meinem kleinen Bruder.

»Hi, Maggie«, begrüße ich sie mit ihrem Spitznamen. »Wie läuft's?«

»Siehst du nicht?«, sie verrenkt sich etwas umständlich, um mir ihre Fesseln zu zeigen. »Hat mich Anton festgebunden. Zuerst wir haben gespielt Kinderschminken, dann er wollte sein Indianer mit machen Gefangene – und dann ist kleiner Mistkerl einfach weggelaufen.« Ich muss fast lachen, so komisch sieht Maggie gerade aus. Aber das verkneife ich mir gerade noch. Wohin mein kleiner Bruder gerannt ist, muss ich gar nicht erst lange raten. Aus dem Wohnzimmer höre ich in voller Lautstärke den Ton von »Ice Age«. Nicht zu fassen! Erst setzt er seinen Babysitter außer Gefecht, dann guckt er seelenruhig Fernsehen!

»Soll ich dich losmachen?«, frage ich Maggie.

Sie nickt. »Ja, bitte schön, ja?« Ich setze mich hinter sie und löse den Knoten des Springseils, das mein Bruder als Fessel benutzt hat. »Danke«, sagt Magdalena, als sie frei ist. »Ich mir jetzt schnappe kleinen Anton!« Mit diesen Worten steht sie auf und marschiert mit energischen Schritten Richtung Wohnzimmer. Eine Minute später verstummt der Ton des Films, stattdessen krakeelt Anton laut los. Geschieht ihm recht, Strafe muss sein.

Ich gehe hoch in mein Zimmer und setze mich sofort an meinen Schreibtisch. Allerdings nicht, um Hausaufgaben zu machen oder für den Mathetest zu lernen, der morgen ansteht – zuerst einmal ist die *Feder* dran! Jetzt ist die Chefredakteurin Juni gefragt! Ich muss mich darum kümmern, ein richtiges Konzept zu schreiben, damit wir in der nächsten Sitzung gleich loslegen können. Lilli muss warten, da ich ihre Telefonnummer nicht habe und erst morgen mit ihr sprechen kann. Hoffe, ihr wird klar werden, was es für eine Ehre ist, als Fotografin bei uns mitmachen zu dürfen!

Ich hole mein Notizbuch raus, in dem ich schon einige Ideen für die *Feder* notiert habe. Die letzten vier Ausgaben der Zeitung lege ich ebenfalls bereit, damit ich gucken kann, welche Themenbereiche ich gern übernehmen würde und welche Beiträge in letzter Zeit schon im Heft waren. Dann schnappe ich mir ein Blatt Papier und fange an, eine Art Reihenfolge aufzuschreiben. Insgesamt soll eine Ausgabe 36 Seiten haben. Seite 1 ist das

Titelblatt, so viel ist klar. Und auf die letzte Seite kommt eine Anzeige. Das Anzeigengeschäft, so hat Tante Julia mir erklärt, ist das Allerwichtigste bei jeder Zeitung, also Kunden zu finden, die im Heft werben wollen. Die geben Geld dafür, damit werden dann die Kosten für Papier, Kopieren und Binden bezahlt. Bisher hat das, wenn ich das richtig sehe, immer Clarissa gemacht. Puh, dafür müssen wir also auch noch jemanden finden. Doch gar nicht so einfach.

Aber Juni schafft das schon, also eins nach dem anderen! Ich knabbere auf meinem Kugelschreiber herum, dann fange ich an, aufzuschreiben, was auf jeder Seite stehen soll:

1. Titelblatt
2. Begrüßung und Inhaltsverzeichnis; Redaktionsteam
3. Das aktuelle Lehrer-Interview
4. Witzseite
5. Fotowettbewerb
6. Kino-, CD- und Buchtipps; Veranstaltungshinweise
7. ...

Wenn mir nicht schnell noch ein paar geniale Ideen kommen, wird das eher ein Flyer als eine Zeitung. Leichte Panik macht sich in meiner Magengrube breit.

Ich blättere fieberhaft durch die früheren Ausgaben: »Job-Reportage«, was ist das denn, aha, ein bestimmter Beruf oder irgendein Studienfach an der Uni wird vorgestellt. Gar keine schlechte Idee, finde ich, auch wenn das eher was für ältere Schüler ist. Aber die sollen die *Feder* ja schließlich auch kaufen, also schreibe ich das Thema für Seite 7 auf. Puh! Echt schwierig, 36 Seiten zu füllen.

Also, hau rein, Juni, produzier gefälligst irgendwelche noch nie dagewesene Ideen! Reiseberichte? Kreuzworträtsel? Eine Kurzgeschichte? Oh Mann. Nur meine Idee mit den Tests, also von Eisdielen und Freibädern oder so, finde ich immer noch gut. Aber was mir noch fehlt, ist so ein richtiger Knaller. Etwas, das nur die *Feder* hat, etwas, das sie besonders machen würde, sodass wir uns damit von anderen Schülerzeitungen unterscheiden! Was könnte das nur sein?

»Na?«

Ich zucke zusammen. Emma hat sich unbemerkt in mein Zimmer geschlichen und steht direkt hinter mir.

Ich fahre zu ihr herum. »Was willst du denn schon wieder? Und kannst du nicht anklopfen?«

Meine Schwester hebt entschuldigend die Hände. »Oh, Verzeihung, ich wollte nicht stören.« Dann tritt ein dickes, fettes Grinsen auf ihr Gesicht. »Wie ich sehe, bist du gerade bei der Arbeit. Wie läuft's denn so, *Juni*?«

8. Kapitel

Zwei Schrecksekunden später.
Noch ca. drei Minuten bis zu der Erkenntnis,
dass meine eigene Schwester
eine eiskalte Erpresserin ist.

»Äh, was hast du gesagt?« Ich starre Emma verdutzt an. Die grinst noch breiter, obwohl das kaum noch möglich ist.

»Du hast mich schon ganz richtig verstanden, Juni Jupiter. Oder sollte ich sagen: angebliche Assistentin der angeblichen Chefredakteurin?«

Vor Schreck wird mir heiß und kalt. »Ich habe keine Ahnung, wovon du sprichst«, behaupte ich aber trotzdem mit schwacher Stimme.

»Hast du wohl!« Betont gelassen geht sie rüber zu meinem Bett und lässt sich daraufplumpsen. »Ich weiß es. Alles!«

»Was weißt du?«, frage ich, und hoffe noch immer, dass Emma gerade irgendwas anderes meint. Meint sie leider nicht.

»Du hast behauptet, dass Juni Jupiter die Chefredaktion der *Feder* übernimmt. Und dass du ihre Assistentin bist.«

»Wer sagt das?«

»Sophie.«

»Ach, *die* blöde Kuh!« Ich werfe Emma einen angriffslustigen Blick zu und hoffe, sie damit zu verunsichern.

»Es stimmt also gar nicht?«, fragt meine Schwester mit einem boshaften Lächeln. »Na, dann kann ich das ja mal Tante Julia erzählen, die wird es bestimmt lustig finden.«

»Äh«, fange ich an, verstumme dann aber, weil mir der restliche Text abhanden gekommen ist.

»Was wolltest du sagen?« Emma poliert sanft lächelnd ihre Fingernägel an meiner Tagesdecke.

Ich könnte sie umbringen, diese verschlagene, hinterhältige, saugemeine, superfiese …

Mache ich aber nicht, sondern zucke stattdessen seufzend mit den Schultern. »Ach, gar nichts.«

»Es stimmt also?«

»Na ja, irgendwie schon«, gebe ich zu und mustere intensiv meine Notizen.

»Und lass mich raten: Tante Julia hat davon nicht die geringste Ahnung.«

»Irgendwie nicht.« Mittlerweile klinge ich in etwa so kleinlaut wie ein Hundewelpe, der in die Ecke gepieschert hat.

»Tja«, Emma kichert, »was wird sie wohl dazu sagen, wenn ich ihr erzähle, dass du einfach ihren Blogger-Namen benutzt? Naaa? Was meinst du?«

»Bitte nicht, Emma«, sage ich, »das wäre echt doof von dir.«

»Hm.« Meine Schwester legt nachdenklich die Stirn in Falten. »Vielleicht bin ich ja doof?«

»Wenn du das tust, dann echt, ja!«, fahre ich sie an.

»Ts, ts, ts, wer wird sich denn gleich so aufpumpen? Na-tür-lich erzähle ich Tante Julia *nichts* davon.«

»Nein?« Erleichtert stoße ich die Luft aus

»Ich würde doch meine kleine Schwester nicht verraten!« Irgendwas in Emmas Tonfall lässt mich aufhorchen. Sie klingt so gönnerhaft. So, als würde da noch was kommen. Und in der Tat, es kommt noch was, ein richtiger Knaller sogar: »Aber natürlich will ich für mein Schweigen eine Gegenleistung!«

»Eine Gegenleistung?«, rufe ich erschrocken. »Willst du mich etwa erpressen?«

Emma lacht. »Erpressen ist ein ziemlich scheußliches Wort. Sagen wir, ich bitte dich um einen Gefallen. Dafür, dass ich dir den Gefallen tue und dichthalte.«

»Aha. Und was willst du? Mein Taschengeld oder wie?«

Sie schüttelt den Kopf und sieht mich dabei bedauernd an. »Quatsch, das wäre ja nun wirklich stillos.« Dann lächelt sie wieder. »Und gerade um Stil geht es mir.«

»Um Stil?« Jetzt verstehe ich gleich gar nichts mehr. Emma will was von mir, so viel ist klar – aber was bloß?

»Also«, erklärt sie, »wie du ja weißt, habe ich auch schon mal überlegt, ob ich die *Feder* nicht als Mitarbeiterin unterstützen sollte.«

»Unterstützen?« Während ich noch nachfrage, dämmert mir mit einem Schlag, was Emma meint: ihre knallblöde Idee für die Klatschkolumne, die Hendrik als Chefredakteur abgelehnt hat! Mit Recht, wie ich finde. Das kann doch wohl nicht wahr sein.

»Ich finde«, sagt Emma, »der *Feder* fehlt es ein bisschen an Aktualität. Themen, die die Leute *wirklich* interessieren. Klatsch und Tratsch, Mode und Style, so was halt.«

»Findest du? Also, ich weiß nicht, ob …«

Sie würgt mich einfach ab. »Doch, ich glaube, das ist genau das, was unbedingt ins Heft gehört! Wer trägt den angesagtesten Style? Wer hat was mit wem? Wer …«

»Wer hat was mit wem?«, rufe ich aus und verschlucke mich beinahe. »Die *Feder* ist doch nicht die *Gala*!«

»Genau das ist doch das Problem!« Sie verdreht die Augen. »Die bisherigen Hefte sind einfach total todlangweilig. Jobreportagen, Witzeseite, Gedichtwettbewerbe! Wer soll das denn lesen wollen?«

»Also, ich …«

Sie hört mir gar nicht zu. »Und deshalb biete ich dir an, ab sofort eine eigene Seite zu betreuen. Ich dachte da an *Emmas Glamour*!«

»*Emmas Glemma?*«, wiederhole ich. »Was soll das sein?«

Meine Schwester seufzt. »Nicht *Glemma*. Ich meine Glamour! Das ist Englisch für Glanz, also Sachen, die glamourös sind!«

»Aha.« Mehr bringe ich nicht raus; anscheinend strahlt schon die Idee zu dieser Kolumne so viel Schwachsinn ab, dass meine grauen Zellen Lähmungserscheinungen bekommen.

»Ich werde in jedem Heft berichten, auf einer ganzen Seite.« Nachdenklich legt sie eine Hand unters Kinn. »Na, vielleicht sogar besser auf zweien, Themen gibt es ja genug.«

»Emma, ich …«

»Na dann, abgemacht!« Sie steht auf und strahlt mich an. »Ich würde sagen, bei der nächsten Redaktionskonferenz bin ich dann dabei!«

»Also echt, Emma, das …«

»Dann denk noch schön weiter nach«, sagt sie

und hat dabei schon die Klinke meine Zimmertür in der Hand. Bevor sie nach draußen entschwindet, dreht sie sich noch einmal zu mir um: »Bis dann, *Juni*!«

Ich bleibe zurück, komplett fassungslos. So ein Mist! Ich werde erpresst, von meiner eigenen Schwester! Sie will allen Ernstes ihre blöde Glemma- oder von mir aus auch Glamour-Seite machen? Das ist doch echt total bescheuert! Und mir bleibt keine andere Wahl, als bei dem Schwachsinn mitzumachen.

Tag eins nach der Katastrophe.
Unterwegs in Mission: »Neue Fotochefin«.
Stimmung: Erfolgserlebnis dringend gesucht!

»Hallo, Lilli!« Ich setze mein strahlendstes Lächeln auf, als Lilli am nächsten Morgen in den Klassenraum kommt. Sie sieht mich verwundert an.

»Hi, Carla«, sagt sie. »Was ist denn mit dir los?«

»Was soll mit mir los sein?«, sage ich und werfe ihr einen unschuldigen Bambi-Blick zu.

»Du grinst mich an, als hätte ich was gewonnen.«

Ich beschließe, diese Vorlage sofort in ein Tor zu verwandeln. »Hast du auch!«

Jetzt glotzt sie mich verständnislos an. »Was denn gewonnen? Ich hab doch bei gar keinem Preisausschreiben mitgemacht.«

»Trotzdem hast du quasi den Jackpot gewonnen.«

»Wovon redest du eigentlich?« Sie zwirbelt ratlos eine ihrer roten Strähnen.

»Pass auf, ich erkläre es dir.« Mit diesen Worten nehme ich sie einfach bei der Hand und schleife sie hinter mir her zu unseren Plätzen. Dort erkläre ich ihr, dass wir dringend eine Top-Fotografin für die *Feder* brauchen. Und dass meine Wahl dabei auf sie gefallen ist.

»Ich weiß nicht«, meint sie zögernd, nachdem ich ihr alles erklärt habe.

»Wie, du weißt nicht?« Ich falle aus allen Wolken. Ich hätte ja mit viel gerechnet, aber nicht damit, dass Lilli nicht sofort Feuer und Flamme ist. »Das ist doch eine tolle Chance, deine Fotos zu veröffentlichen!«

»Ja, schon«, antwortet sie. »Aber ich bin mir gar nicht sicher, ob ich das will.«

»Häh? Ob du das willst?« Gleich begreife ich gar nichts mehr. Ohne ihren Fotoapparat ist Lilli nie unterwegs – und trotzdem will sie nicht, dass ihre Bilder irgendwo erscheinen?

»Die Sache ist die: Genau genommen mache ich gar keine Fotos.«

»Und was knipst du dann sonst, wenn ich fragen darf?«

Lilli zuckt mit den Schultern. »Was ich mache, ist eher Kunst.«

»Kunst?«

»Ja.« Sie nimmt den Apparat, der ihr wie immer um den Hals baumelt, und schaltet ihn ein. »Ich zeig's dir, dann verstehst du es besser.« Sie hält mir die Kamera hin, damit ich auf den kleinen Bildschirm gucken kann. Und was ich sehe, ist … komisch. Sehr komisch. Denn wenn ich ehrlich bin, kann ich nichts erkennen. Auch nicht, als Lilli mit den Richtungspfeilen durch die verschiedenen Bilder zappt. Mal ist so etwas wie eine Hausecke zu sehen. Ein Blatt in Großaufnahme. Ein halber Schuh. Etwas, das entfernt an ein zerknülltes Taschentuch erinnert.

»Was ist das?«, will ich wissen.

»Kunst. Sag ich doch. Und ich glaube nicht, dass sich das für die *Feder* eignet.«

»Äh … nein, wirklich nicht.« *Na, das war ja ein Griff ins Klo, Juni Jupiter.*

»Hab ich doch gesagt.«

»Aber könntest du nicht auch andere Fotos machen?«, frage ich, denn schließlich gibt eine echte Journalistin nie auf, schon gar nicht, wenn's schwierig wird. »Welche, auf denen man was erkennt?«

»Klar könnte ich«, antwortet sie. »Aber ich weiß nicht, ob ich das auch will.« Oh Mann, die Frau ist aber auch schwierig, da bietet man ihr eine Wahnsinnschance, und sie macht einen auf cool und desinteressiert. Es ist zum Wahnsinnigwerden! Jetzt hab ich eine irre Klatschkolumnen-Schreiberin an der Backe, absolut keine Anzeigen und null

Fotos für die nächste Ausgabe in Sicht. Das wird garantiert der Hit beim Schülerzeitungswettbewerb, mal was ganz Ausgefallenes. *Hilfe, was mach ich denn jetzt?*

Während ich noch fieberhaft überlege, merke ich, wie sich ein Grinsen auf Lillis Gesicht ausbreitet. Und dann knufft sie mir mit dem Ellbogen in die Seite. »He, war doch nur ein Spaß! Klar mache ich bei der *Feder* mit, super Idee!« Sie lacht. »Und keine Sorge, ich kann auch ganz normale Fotos machen.« Sie stupst mich noch einmal an. »Ich wollte dich nur ärgern, weil du neulich so superdoof und zickig zu mir warst. Damit sind wir dann jetzt quitt!«

»Klasse, Lilli!«, freue ich mich. »Dann willkommen an Bord der *Feder*!« Wir klatschen uns per Handschlag ab.

»Was wird denn hier gerade besiegelt?« Isa ist ins Klassenzimmer gekommen und sieht uns neugierig an.

»Isa!«, rufe ich. »Gut, dass du auch schon da bist. Ich habe Lilli gerade als neue Fotografin für die *Feder* angeworben.«

»Ja? Dann gratuliere ich mal.«

Ich nicke. »Ja, und es kommt noch besser, für dich habe ich nämlich auch einen Job!«

»Einen Job? Für mich? Aber ich bin doch bei der *Feder* gar nicht dabei!«

»Aber klar doch«, widerspreche ich. »Bist du.« Ich lache sie an. »Hast du schon mal was über das Thema Anzeigenverkauf gehört?«

»Anzeigenverkauf?«

»Ja. Es ist ganz einfach!«

»Aber ich bin doch schon in der Theater-AG …«

»Das macht gar nichts«, unterbreche ich sie. »Im Gegenteil, das ist super!«

»Super?«

»Genau. Denn um Werbung zu verkaufen, braucht man jede Menge schauspielerisches Talent! Und wer weiß: Vielleicht müssen wir ja auch für den einen oder anderen Kunden selbst eine Anzeige fotografieren – da könnten wir dann gut ein Model gebrauchen!«

»Jupp!«, ruft Lilli. »So ein richtiges Shooting!«

Erwartungsvoll gucken wir Isa an. Die scheint

nicht ganz so überzeugt zu sein, kann sich dann aber unseren hypnotischen Kräften nicht lange widersetzen.

»Na gut«, sagt sie ergeben. »Wie ich dich kenne, Carla, gibst du ja eh keine Ruhe, bevor ich Ja sage.«

»Exakt!«

9. Kapitel

Ort: Konferenzraum der »Feder«.
Mittwochnachmittag, eine Woche später.
Status: Redaktionsteam steht.
Stimmung: Grandios! Noch.

Ungeduldig schaue ich auf meine Uhr. 15:10 Uhr. Das heißt, dass unsere Konferenz vor genau zehn Minuten begonnen hat. Oder besser: hätte beginnen müssen. Denn noch ist außer Lilli, Isa und mir niemand im Redaktionsraum erschienen. Wo bleiben die bloß alle? Habe ich mich etwa im Tag vertan?

Ich werfe einen Blick auf das Display meines Handys. Nein. Mittwoch. Komisch. Lilli zupft mich am Ärmel.

»Du, also ich hab zwar keine Ahnung vom Zeitungmachen – aber drei Leute kommen mir für eine komplette Redaktion doch ein bisschen wenig vor, oder?«

»Hm, ja, eigentlich müssten wir mindestens zehn sein. Wir drei, Lasse, Clarissa und Felix. Und dann sind da noch zwei Mädchen aus der siebten und zwei Jungs aus der neunten Klasse – oder aus der achten, da bin ich mir nicht ganz sicher.«

Sicher bin ich mir allerdings bei der Tatsache, dass ich hier als Stellvertretung der Chefredakteurin nicht für voll genommen werde. Wie sonst ist zu erklären, dass mein Team einfach nicht zur Konferenz kommt? Ich merke, wie ich langsam richtig sauer werde. Wie sollen wir denn so eine richtige Zeitung …?

Es klappert, die Tür öffnet sich. Endlich! Hoffentlich ist es Lasse – ich wäre echt enttäuscht, wenn der mich jetzt auch hängen ließe.

»Hallo, bin ich hier richtig für die Konferenz?«

Nein. Es ist nicht Lasse. Es ist Emma, die den Termin leider nicht vergessen hat. Ich nicke matt.

»Ja, hier bist du richtig. Komm rein. Lilli – darf ich vorstellen? Das ist Emma, meine Schwester.«

Emma schüttelt missbilligend den Kopf.

»Ts, ts, ts. Das ist in diesem Zusammenhang natürlich totale Nebensache. Richtig ist: Ich bin Emma, die neue Kolumnistin.«

Lilli guckt fragend von Emma zu mir und wieder zurück.

»Du bist nicht Carlas Schwester?«

»Doch, klar bin ich auch Carlas Schwester. Aber deswegen bin ich nicht hier. Sondern weil ich die neue Kolumne der *Feder* schreiben werde: *Emmas Glamour*.«

Dazu sagt Lilli erst einmal nichts mehr. Böser Fehler, denn jetzt holt Emma richtig weit aus.

»Weißt du, so eine Kolumne ist das Herzstück einer jeden Zeitung. Es ist ein Artikel, der immer an der gleichen Stelle erscheint, und in unserem Fall auch stets vom gleichen Autor ist – nämlich von mir. Der Autor gibt dabei oft seine Meinung zu bestimmten Themen zum Besten. Ich werde mich beispielweise mit den wichtigsten Trends an unserer Schule beschäftigen und eine Einschätzung liefern, was in und was out ist. Ich bin gewissermaßen das It-Girl der Schule.«

Lilli reißt die Augen auf, Isa verdreht sie.

»Hä? It-Girl? Was'n das?« Offenbar versteht Lilli zwar viel von Fotos, aber nichts von Trends.

»Also wirklich, Lilli!« Emma klingt genervt. »Wenn du das schon nicht weißt, was willst du dann bei einer Zeitung? Das It-Girl ist das angesagteste Mädchen der Schule. Sie bestimmt, was gerade wichtig ist. Hipp, verstehst du?«

Jetzt mischt sich Isa ein. »Also, wenn du nun so das große It-Girl wärst, hätte ich das bestimmt schon mal gemerkt. Ich finde, du bläst dich hier ganz schön auf. Da sollten wir doch lieber ...«

»Hallo, die Damen! Stör ich?«

Lasse kommt in den Redaktionsraum geschlendert. Endlich! Meine Laune bessert sich schlagartig. Ich strahle ihn an.

»Nein, du störst überhaupt nicht! Schön, dass du da bist!«

»Tut mir leid, dass ich so spät komme, aber ich bin an einer Geschichte dran, die vielleicht ein richtig guter Artikel für die *Feder* werden könnte.«

»Echt? Erzähl doch mal!«

Lasse hält sich einen Zeigefinger an die Lippen. »Pssst, ist noch geheim. Bevor ich nicht sicher bin, dass es klappt, sage ich lieber nichts. Ist so ein Aberglaube von mir.«

Ich bin beeindruckt. Lasse ist irgendwie ein richtig cooler Typ. Isa scheint meine Meinung nicht ganz zu teilen. Sie knufft mich in die Seite und flüstert mir ins Ohr: »So ein Quatsch! Der will doch bloß nicht zugeben, dass er einfach zu spät war, weil er es verpeilt hat.«

Ich sage nichts dazu, hoffe aber, dass Isa nicht recht hat. Die Vorstellung, dass Lasse an einer tollen Geschichte für die *Feder* arbeitet, gefällt mir nämlich deutlich besser. Wem das herzlich egal zu sein scheint, ist natürlich Emma. Für ihren Geschmack haben wir jetzt lang genug über ein Thema geredet, das nichts mit ihr zu tun hat.

»Also, es scheinen ja nicht mehr Leute zu eurer tollen Redaktionssitzung zu kommen. Dann will ich euch allen mal meine neue Kolumne vorstellen, die bestimmt –«

»Moment mal«, unterbricht Lasse sie, »du bist doch Emma, oder? Und ist das etwa wieder diese Schwachsinnsidee, die Hendrik schon im letzten Schuljahr abgebügelt hat?«

Emma zieht eine Schnute und sieht jetzt fast so aus wie Antons gelbes Badewannen-Quietscheentchen.

»Erstens: Ja, ich bin Emma. Und zweitens: Das ist keine Schwachsinnsidee. Sondern eine super Ergänzung für eure stinklangweilige Schülerzeitung!«

Lasse kichert.

»Ich wusste es! *Emma, der Trendscout, sagt euch, was an der Henri-Nannen-Schule angesagt ist* – schlimmer geht's nimmer! Das ist doch verschwendetes Papier, dafür sollte kein Baum sterben müssen. Und kaum hat es den armen Hendrik auf die Bretter geschickt, schon kommst du wieder damit um die Ecke.«

Ein pfeifendes Geräusch lässt mich zusammenzucken. Es ist Emma, die nach Luft schnappt.

»Das ist eine Gemeinheit – los, Carla, sitz doch nicht einfach so rum! Sag ihm, dass Juni Jupiter die Idee toll findet!«

Lasse, Lilli und Isa starren mich an. Ich beginne zu schwitzen.

»Ja, also, äh …«

»Hast du sie etwa schon gefragt?«, will Lasse wissen. »Ohne es vorher mit uns in der Konferenz zu besprechen?«

»Na ja …«, stammle ich weiter. Emma unterbricht mich mit einer Handbewegung, als wolle sie mir den Hals umdrehen. Okay, aus der Nummer komme ich eindeutig nicht mehr raus. »Ja, also tatsächlich habe ich Juni davon schon erzählt und sie fand die Kolumne gar nicht mal so schlecht.«

»Gar nicht mal so schlecht?«, faucht Emma. »Sie fand sie groß-ar-tig! Hast du selbst gesagt.« Böse funkelt sie mich an. Ich schaudere. Offenbar kennt Emma hier überhaupt keinen Spaß.

»Ja, stimmt«, bestätige ich matt, »Juni fand die Kolumne toll. So … erfrischend anders.«

Lasse schüttelt den Kopf.

»Auweia. Ich dachte, Juni Jupiter ist eine richtig gute Journalistin. Das kann der doch nicht ernsthaft gefallen haben. Ich habe mir ihren Blog mal durchgelesen. Da geht es immer um richtig wichtige Sachen wie Umweltschutz oder Armutsbekämpfung. Und die soll auf Emmas langweilige

Klamotten- oder Schminktipps stehen? Ich fasse es nicht!«

»Sie war eben der Meinung, so eine Kolumne könnte die *Feder* ein bisschen auflockern«, verteidige ich Juni. Oder besser gesagt: verteidige ich *mich*. Denn ich bin mir nicht so sicher, dass Tante Julia von *Emmas Glamour* wirklich begeistert wäre. Sicher bin ich mir aber, dass Emma mich hier gleich ans Messer liefert, wenn ich nicht mit Lanze und Schwert für ihre Kolumne eintrete. Also bleibe ich tapfer dabei, auch wenn das bedeutet, dass Lasse mich für eine doofe Nuss hält. Oder sich fragt, ob das mit Juni Jupiter so eine gute Idee war.

Vielleicht sollte ich besser schnell das Thema wechseln.

»Emma, vielleicht präsentierst du deine Kolumne erst, wenn du schon ein paar Texte dazu geschrieben hast. Dann können sich alle anderen auch mehr darunter vorstellen. Und wo wir gerade von den anderen sprechen: Lasse, hast du eine Ahnung, warum nur so wenige zu unserer Konferenz gekommen sind?«

Er zuckt die Schultern.

»Nee, aber da mach dir mal keinen Kopf. Das war bei Hendrik auch nicht anders. Der harte Kern der *Feder* – das waren so fünf, sechs Leute, die immer gekommen sind. Die anderen waren meistens nur da, wenn es um ihren Text ging. Also, keine Sorge, das liegt nicht an dir.« Er grinst. Offenbar kann er Gedanken lesen, denn natürlich *ist* das genau meine Sorge.

»Okay, dann hoffen wir mal, dass alle anderen trotzdem noch mitmachen wollen. Nicht dass sie sich bei Sophie angesteckt haben. Zwei neue Mitglieder neben Emma haben wir auch: Lilli und Isa«, stelle ich die beiden vor. »Lilli macht ganz tolle Fotos und ist deshalb unsere neue Fotochefin, Isa kümmert sich demnächst um die Anzeigen für die *Feder*.«

Lasse schaut etwas skeptisch – kein Wunder, schließlich sind wir alle erst in der sechsten Klasse. Lilli hat aber offenbar mit so etwas gerechnet, denn nun zieht sie – voll der Profi – eine Mappe aus ihrer Schultasche, auf der in großen Buchstaben *Arbeitsproben* steht.

»Ich dachte, es ist vielleicht ganz gut, wenn ihr euch mal ein paar meiner Bilder ansehen könnt.« Sie schlägt die Mappe auf, und schon das erste Foto ist der Knaller: eine kleine Katze, im Sprung fotografiert. Das Bild sieht so lebendig aus, als ob das Kätzchen direkt aus der Mappe hüpfen würde. Wahnsinn! Wie hat sie das bloß hinbekommen? Lasse pfeift anerkennend.

»Wow. Tierfotografie. Das ist natürlich die ganz hohe Kunst.«

»Finde ich auch«, gebe ich ihm recht, »und ich bin mir sicher, Juni Jupiter wird auch begeistert sein. Ich kenne ja ihren Geschmack.«

»So, so?«, zischt Emma mir zu, »kennst du den?«

Ich ignoriere meine Schwester und wende mich, ganz lässige Chefredakteurin, wieder Lilli zu: »Lass uns doch noch mehr sehen!«

Lilli strahlt und nimmt weitere Fotos aus der Mappe. Sie sehen alle toll aus: Clowns im Zirkus, sehr farbenfroh und lebendig, ein Junge, der im hohen Bogen eine Coladose wegkickt, unser Schulgebäude aus ganz ungewöhnlichen Blickwinkeln und dann einen von zwei Regenbögen, die direkt über der Hoheluftchaussee stehen: Jetzt würde ich sehr gern Sophies Gesicht sehen, wenn sie feststellt, dass wir hier eine echte Starfotografin an Land gezogen haben!

Mit manchen Wünschen sollte man allerdings vorsichtig sein – gerade als ich Lilli noch einmal überschwänglich für ihre Fotos loben will, öffnet sich die Tür und unsere kleine Runde bekommt Verstärkung. Von Sophie! Was will die denn hier?!

Stimmung: eben noch euphorisch.
Lufttemperatur: stark im Fallen begriffen.
Geistiger Zustand: ??????????

»Hallo!« Sophie begrüßt uns mit einem strahlenden Lächeln. Oder ist es eher ein breites Grinsen? Ich bin offenbar nicht die Einzige, die über ihr Auftauchen nicht so richtig begeistert ist. Auch Lasse guckt mürrisch, Lilli und Isa hingegen etwas ratlos. Sophie scheint's nicht zu stören, sie plappert munter drauflos.

»Ich habe jetzt mal ein paar Nächte drüber geschlafen, und dann habe ich mir gesagt: Was soll's? Ihr schafft es ohne mich ja doch nicht, und ich will schließlich nicht schuld daran sein, dass es in diesem Schuljahr keine *Feder* gibt.«

Mann, ist die eingebildet! Am liebsten würde ich ihr sagen, dass wir es ohne sie bestimmt tausendmal besser hinkriegen, aber das traue ich mich nicht. Immerhin hat Sophie lange bei der *Feder* mitgemacht, während ich genau genommen ein absoluter Neuling bin. Wenn die anderen nicht glauben würden, dass die große Juni Jupiter hinter mir steht, hätten die sich garantiert niemals auf dieses Abenteuer eingelassen. Wahrscheinlich ist Lasse ganz froh, dass Sophie zurückgekommen ist. Ich verkneife mir also eine Bemerkung, stattdessen bemühe ich mich um ein freundlich-professionelles Chefredakteurinnen-Lächeln.

»Hallo, Sophie«, begrüßt Lasse sie. »Also wenn ich ehrlich sein darf – ich bin mir sicher, dass es auch ohne dich eine richtig gute Zeitung wird.

Auf alle Fälle mit besseren Fotos. Unsere neue Fotochefin Lilli ist nämlich große Klasse. Juni Jupiter wird begeistert sein.«

Sophie reißt die Augen auf, Lilli wird ganz rot. Und ich freu mir heimlich einen Ast und würde Lasse am liebsten um den Hals fallen. Also so rein theoretisch.

»Ich glaub, du spinnst!«, faucht Sophie Lasse an. »Du glaubst doch nicht ernsthaft, dass du mit diesem Kindergarten eine Zeitung machen kannst! Noch dazu mit einer geheimnisvollen Chefin, die nie da ist und sich von einer Elfjährigen vertreten lässt.«

Ich will gerade heftig widersprechen, denn schließlich bin ich fast zwölf – da lässt Lasse Sophie schon ganz cool abtropfen.

»Das werden wir ja sehen. Auf alle Fälle glaube ich nicht, dass man mit so unzuverlässigen Leuten wie dir eine Zeitung machen kann. Erst beleidigt abhauen, dann wiederkommen, wenn's dir gerade passt, und dabei so tun, als wäre nichts gewesen – so läuft das nicht.«

»Ach, so läuft das nicht?« Mittlerweile kreischt

Sophie so, dass die Fensterscheiben klirren. »Dann legt euch doch alle gehackt!« Sie dreht sich auf dem Absatz um, rennt raus und knallt die Tür ins Schloss.

»Die ist zu«, kommentiert Lasse trocken. Und dann fangen wir alle an, laut zu lachen.

10. Kapitel

Aufgabe des Tages: Anzeigenakquise.
Schwierigkeitsgrad: saumäßig,
nicht nur das Wort.

Herr Yilmaz blättert in der alten Ausgabe der *Feder*, die ihm Isa gerade in die Hand gedrückt hat. Aysun Yilmaz, die mit uns in eine Klasse geht, war sich sicher, dass das Schreibwarengeschäft ihres Vaters der ideale Kunde für eine Anzeige in der *Feder* ist. Ihr Vater scheint das allerdings noch nicht erkannt zu haben und guckt zweifelnd, trotz Isas flammender Rede.

»Also, zweihundert Euro für eine Seite finde ich ganz schön teuer. Geht's nicht auch billiger?«

»Aber Herr Yilmaz, denken Sie doch mal daran, wie viele Schüler die *Feder* lesen und dann ganz bestimmt demnächst bei Ihnen einkaufen werden!« Isa bedenkt ihn mit einem sehr treuherzigen Augenaufschlag, ich nicke zur Bestätigung wild mit dem Kopf. Das beeindruckt den Besitzer leider überhaupt nicht.

»Mein Schreibwarengeschäft ist doch sowieso das einzige im direkten Einzugsbereich der Schule.«

»Stimmt«, gebe ich ihm recht, denn der Kunde hat immer recht, aber dann macht man mit einem Gegenargument weiter, und, und das ist, ähm …

»Aber es geht ja auch ums Image«, kommt Isa mir zu Hilfe. *Begnadete Schauspielerin auch beim Improvisieren! Du bist die Beste.*

Herr Yilmaz seufzt. »Mädels, maximal fünfzig Euro. Mehr ist nicht drin.«

Mist. Der Plan, für Anzeigen erst mal die Eltern unserer Klassenkameraden abzuklappern, weil die bestimmt besonders spendierfreudig sind, geht offenbar nicht hundertprozentig auf. Genau genommen bisher gar nicht: Wir haben schon drei Läden abgeklappert und bisher erst dreißig Euro eingenommen. So wird das nie was. Herr Yilmaz legt die Stirn in Falten.

»Und ehrlich gesagt: Die fünfzig Euro gebe ich euch für die gute Sache, nicht für die Zeitung. Besonders beeindruckend sieht die nämlich nicht aus. Wo habt ihr die denn kopiert?«

Isa zuckt mit den Schultern.

»Keine Ahnung. Ich bin neu bei der *Feder*.«

Herr Yilmaz grinst.

»Ich sage euch – wenn ihr die Zeitung bei mir drucken lasst, sieht sie garantiert viel besser aus! Ich mache euch auch einen guten Preis, versprochen!«

»Äh, ja, danke, Herr Yilmaz, wir denken drüber nach«, stottert Isa.

»Dann abgemacht, ihr beiden: Ich schalte bei euch eine Anzeige und ihr lasst die *Feder* mit meinem Hochleistungskopierer drucken. Ihr werdet staunen, wie gut das wird! Einverstanden?«

Er reicht mir die Hand, ich drücke sie ihm ganz verdattert.

»So, ich muss jetzt leider den nächsten Auftrag erledigen. Kommt einfach vorbei, wenn ihr die Druckvorlage habt, okay?«

Wir nicken.

»Ja, machen wir«, sagen wir im Chor und stolpern aus seinem Laden. Vor der Tür gucken wir uns an – und fangen gleichzeitig an zu kichern.

»Na, wir sind ja ein unschlagbares Team«, lacht Isa. »Anstatt etwas zu verkaufen, haben wir nun selbst was gekauft.« Ich grinse.

»Tja, dieses Akquisedings müssen wir eindeutig noch üben, sonst sind wir bald pleite und haben keine einzige Anzeige ergattert. Zeig mal, wen hast du denn noch auf unserer Liste?«

Isa gibt mir den Zettel.

»Hm, okay. Das Spielzeuggeschäft *Domino* könnte spendabler sein. Da haben meine Eltern immer unsere Geschenkekisten für den Kindergeburtstag aufgefüllt, als wir noch kleiner waren. Für Anton machen sie das immer noch. Die kennen mich bestimmt, so viel Geld wie die mit meiner Familie schon verdient haben.«

Isa nickt. »Ja, genau. Ich bin zwar Einzelkind, aber ich glaube, meine Eltern haben da auch immer viel gekauft. Diese Nuss knacke ich, jede Wette, schließlich bin ich die Anzeigenchefin!« Wieder müssen wir beide kichern. Na, wenigstens haben wir noch gute Laune …

Nächste Mission: hartherzigen Spielzeuggeschäftbesitzer weichkochen. Devise: Neues Spiel, neues Glück.

Das *Domino* ist ein richtig guter Laden. Hier gibt es einfach alles: von Brettspielen über Schleichtiere, Briefpapier, Kostüme, Puppen bis hin zu Stickern, alles da. Klar, in letzter Zeit war ich nicht mehr so oft hier, mittlerweile bin ich ja kein kleines Mädchen mehr – aber für Anton ist Domino immer noch das Paradies. Und auch Isas Augen strahlen, als wir das Geschäft betreten. Nanu, fühlt sie sich an alte Zeiten erinnert? Ich zupfe sie am Ärmel.

»He, alles gut?«

»Klar, warum?«

»Du hast so einen seltsamen Gesichtsausruck.«

»Tja, ich hatte eben eine richtig coole Idee. Quasi eine Anzeigenchefinnen-Weltklasse-Idee. Wirst schon sehen!«

Ich bin gespannt! Zielstrebig steuert Isa auf die Inhaberin des Domino zu.

»Guten Tag, ich bin Isabel Kaufmann und das ist meine Kollegin Carla Ehrenthal«, stellt sie uns extrem professionell vor. »Wir sind Redakteure der Schülerzeitung *Die Feder* und möchten Ihnen ein neues Produkt präsentieren.«

Unser Gegenüber schaut erstaunt. Kein Wunder. Schließlich kennt sie uns bisher nur als Kinder, die dringend irgendwelche Spielsachen kaufen wollen. Sie räuspert sich.

»Sag mal, bist du nicht die Schwester von Anton?«

Ich nicke. Sie lächelt. Sehr gut – offenbar hat sie unsere Familie in guter Erinnerung.

»Wie nett. Na, dann erzählt doch mal, welches *Produkt* ihr vorstellen wollt.« Wie schon zuvor bei Herrn Yilmaz, gibt Isa ihr ein Exemplar der Zeitung.

»Das ist unsere *Feder*, vielleicht kennen Sie die ja schon. Nun gibt es die einmalige Chance, unser Partner bei einer exklusiven Aktion zu werden.«

»Aha. Und wie funktioniert das?«

Das frage ich mich offen gestanden auch gerade. *Wovon redet Isa da bloß?*

»Ganz einfach: Wenn Sie eine Anzeige für zweihundert Euro kaufen, bekommen Sie exklusiv die Rückseite der *Feder* für Ihre Reklame. Aber das ist noch nicht alles: Einer unserer besten Reporter wird Ihr Geschäft besuchen, Sie interviewen und anschließend einen großen Bericht über das Domino schreiben. Mindestens eine Doppelseite. Na, was meinen Sie dazu?«

Die Frau wiegt den Kopf hin und her. »Hm, das klingt gar nicht schlecht.«

»Allerdings müssten Sie gleich zuschlagen, denn wie Sie sich denken können, ist dieses Angebot heiß begehrt, und wir können natürlich nur einen Partner haben.«

Isa sollte wirklich Schauspielerin werden. Sie bringt diese Partnerschaftsgeschichte hier gerade so überzeugend rüber, als hätten wir wirklich schon mit zwanzig Läden gesprochen und alle wären total heiß auf unser Angebot. Auch Frau Domino scheint überzeugt. Denn jetzt nickt sie.

»Das verstehe ich. Dann habt ihr meine Zusage – ich möchte gern der Partner eurer nächsten Ausgabe sein. Vielleicht verbinde ich das sogar mit einem kleinen Gewinnspiel. Ich könnte ja etwas verlosen – vielleicht ein Spiel. Siedler von Catan oder Cluedo. Das überlege ich mir noch. Wann kommt denn euer Starreporter?«

Okay, die Frage muss natürlich von der Assistentin der Chefredakteurin beantwortet werden. Ich überlege kurz.

»Passt Ihnen nächste Woche Dienstag?«

»Gern. Und wie heißt euer Kollege?«

Hm. Wem könnte man so einen langweiligen Job am besten aufs Auge drücken? Lasse bestimmt nicht. Und Emma würde ich ihn zwar zu gern reinwürgen, aber auf ihr Rumgezicke habe ich nun gar keine Lust. Außerdem reicht es schon, wenn wir ihre doofe Kolumne ins Heft nehmen müssen.

»Äh, Felix«, sage ich, weil mir sonst auch gar keiner anderer mehr einfällt, der bei uns mitmacht. »Unser Reporter heißt Felix. Und er kommt mit unserer Fotochefin Lilli. Damit wir Sie auch gut ins Bild setzen können. Das mit dem Gewinnspiel fände ich übrigens prima – vielen Dank!«

Frau Domino lächelt.

»Bitte sehr. Und grüß deine Eltern von mir!«

Vor der Tür falle ich Isa um den Hals. *Meine beste Freundin, zukünftige Oscarpreisträgerin und einfach die Größte.* Wenn ich sie nicht hätte.

»Mensch, klasse! Das war ja genial! Wie bist du nur auf die Idee gekommen?«

Isa zuckt mit den Schultern.

»Keine Ahnung. Ich dachte, ich müsste sie irgendwie ködern. War mir selbst nicht sicher, ob das klappt.«

»Du bist wirklich die Anzeigenqueen! Komm, ich spendiere zur Feier des Tages ein Eis.«

Fünf Minuten später sitzen wir bei *Dante*, unserer Lieblingseisdiele. Das wäre auch mal ein toller Partner für einen Bericht. Das Interview würde ich dann führen. Inklusive eines kleinen Eissortentests.

Wir ordern beide einen Milchshake und machen es uns auf der Terrasse gemütlich. Isa schlürft genüsslich an ihrem Schokoshake.

»Ich dachte schon«, nuschelt sie zwischen zwei Zügen, »du würdest Lasse als Starreporter schicken.«

Ich schüttle den Kopf.

»Nee, das würde ich mich nicht trauen. Ich glaube, der ist für so eine Nummer viel zu cool.«

Isa grinst.

»Und *ich* glaube, du findest ihn einfach gut und bist deswegen viel zu schüchtern, ihn zu fragen.«

»Hey, so'n Quatsch. Wenn ich ihn fragen wollte, würde ich das auch tun. Ich bin doch momentan irgendwie seine Chefin.«

»Stimmt auch wieder.«

»Na also.«

Hoffentlich sieht Isa nicht, dass meine Ohren gerade mal wieder Sonnenuntergangsfarbe annehmen.

11. Kapitel

Ort des Geschehens: Redaktionskonferenzraum, Mittwoch, vier Wochen später.
Stand der Dinge: zwanzig Seiten stehen, inklusive zwei Seiten Emma-Kolumne.
Qualität: zweifelhaft. Prognose: Das gibt Ärger!

»Gäbe es den Titel *Presswurst des Jahres* – wir würden ihn garantiert Frau Willich verleihen. Fällt dieser Frau denn nicht auf, dass ihre Klamotten alle viel zu eng sind …?«

Entsetzt lasse ich das Blatt Papier sinken, das meine Schwester mir gereicht hat, damit ich ihre Texte vor versammelter Mannschaft vorlesen kann. Wie ein Erdmännchen schaue ich in die Runde – und bis auf Emma gucken alle genauso baff zurück.

Das scheint meine große Schwester entweder nicht zu merken, oder es ist ihr egal, denn sie grinst selbstbewusst.

»Und?«, fragt sie. »Wie findet ihr das?«

Lass mich überlegen: abgrundtief, grauenvoll, unterirdisch, katastrophal, oberpeinlich … Wie sehr ich mich auch bemühe, die Worte, die gerade meinen Kopf überfluten, werden dem Geschreibsel meiner Schwester einfach nicht gerecht.

»Äh«, kommt es von Lasse, auch er sieht völlig entgeistert aus, »das ist ein Witz, oder?«

»Wie meinst du das?« Emma betrachtet ihn verständnislos.

»Na«, sagt Lasse und nimmt mir das Blatt Papier aus der Hand. »Das hier willst du doch wohl nicht wirklich veröffentlichen!« Er betrachtet Emmas Text. »Also, neben den Lästereien über Frau Willichs Klamotten haben wir da noch Herrn Anders, der immer nach Zigarettenqualm stinkt … Dann deine Vermutung, dass bei unserer Direktorin gerade der Haussegen schiefhängt und ihr Mann ausgezogen ist …« Er runzelt die Stirn. »Gekrönt von der Hitliste der zehn unbeliebtesten

Schüler am Henri-Nannen-Gymnasium, klasse Idee, wirklich …«

»Klar ist das eine super Idee!«, fällt Emma ihm ins Wort. »So was wollen die Leute doch lesen!«

»Emma!« Jetzt muss ich mich doch mal einschalten, es nützt ja nichts. Das heißt, nicht ich schalte mich ein – es ist an der Zeit, Juni Jupiter sprechen zu lassen. »Also, ich habe lange mit Juni über deine Kolumne gesprochen.«

»Ja?« Sie wirft mir einen misstrauischen Blick zu. »Du hast also mit Juni gesprochen?« So wie sie das betont, klingt es wie: »Pass bloß auf, kleine Schwester!«

Ich nicke und versuche gleichzeitig, meine schweißnassen Hände zu ignorieren. »Ja. Und generell findet sie die Idee einer Glamour-Kolumne ja sehr gut.«

»Das weiß ich schon«, gibt Emma sich selbstbewusst. Mittlerweile guckt sie nicht mehr misstrauisch, sondern drohend.

»Die Sache ist nur die«, spreche ich weiter und hole ein bisschen zittrig Luft, bevor ich zum vernichtenden Schlag ansetze. »Sie hat mir eingeschärft, dass wir bei so einer Rubrik unbedingt auf die Persönlichkeitsrechte achten müssen.«

»Persönlichkeitsreche?«, fragt Emma und guckt verdattert.

»Genau!« Wieder einmal kommt Lasse mir zu Hilfe. »Wir dürfen nicht einfach etwas schreiben oder behaupten, das die Privatsphäre von Lehrern oder Schülern betrifft.«

Emma lacht. »Dass die Willich sich anzieht wie eine Presswurst, ist nicht privat! Das kann jeder sehen, jeden Tag!«

»Das stimmt schon«, gebe ich ihr recht. »Aber es ist trotzdem eine Beleidigung.«

»Nein«, Emma zieht einen Schmollmund. »Es ist die Wahrheit.«

»Falsch!« Jetzt mischt Isa sich ein und ich werfe ihr einen dankbaren Blick zu. »Es ist deine Meinung.«

»Nein, es ist die Meinung von *Emmas Glamour!*«, gibt meine Schwester schnippisch zurück.

Oh, Mann, es ist echt nicht zum Aushalten! Wie bringen wir Emma bloß von ihrer blöden Kolumne ab? So viel ist klar: Wenn wir diesen

Mist drucken, kriegen wir nicht nur mächtig Ärger – sondern haben garantiert nicht die geringste Chance, beim Wettbewerb zu gewinnen. Also, was würde Juni in so einem Fall tun? Tja, glasklare Sache, Emma runterputzen und die Kolumne rausschmeißen. Aber die wird ja auch nicht von ihrer Schwester erpresst, weil sie behauptet hat, mit Juni Jupiter zusammenzuarbeiten. Womit wir wieder beim Anfang wären. *Saublöde Flunkerei. Hat denn das nie ein Ende?*

»Carla?«, unterbricht Lilli meine Gedanken. Ich gucke sie groß an. »Bist du noch bei uns?«

»Äh, ja«, stottere ich.

»Dann sag doch mal was zu dem Thema, schließlich bist du quasi unsere Chefin. Und wenn wir alle denken, dass die Kolumne nicht ins Heft passt, finde ich, musst du das entscheiden.« Ich seufze. Ja, verdammt, weiß ich doch. Also muss ich mal wieder auf Zeit spielen und hoffen, dass zur Abwechslung der Schlamassel nicht noch schlimmer wird, sondern sich von selbst auflöst. Aber so finster wie Emma mich gerade anstarrt, stehen die Chancen dafür 0,5 zu 100.

»Ich schlage vor, ich zeige die fertigen Texte noch einmal Juni Jupiter, und wir reden darüber, das können wir dann nächste Woche entscheiden.«

»Pffff!«, macht Emma und verdreht die Augen. »Red ruhig mit ihr, aber ich sage dir: Die Kolumne bleibt, wie sie ist.«

»Das sehen wir dann«, sage ich seufzend. »Gibt es sonst noch irgendwas?«

»Hier«, Felix reicht mir zwei DIN-A4-Blätter. »Mein Bericht über das *Domino* ist fertig.« Ich überfliege den Text, der richtig gut ist. Wenigstens etwas! »Super!«, sage ich. »Sonst noch etwas?«

»Meine Geschichte über das Tierheim kriegst du nächste Woche«, sagt Lasse und lächelt mich an. »Ich glaube, die wird richtig gut. Aber wenn du nach unserem Treffen kurz Zeit hast, würde ich gern noch einmal mit dir darüber reden.«

»Ja, klar«, sage ich. Und merke, dass mein Herz auf einmal etwas schneller klopft. Lasse möchte sich nach der Konferenz mit mir unterhalten? Allein? Okay, es geht um seine Geschichte, aber trotzdem …

»Dann war es das ja wohl für heute, oder?«, fragt Emma. Klar, sobald es nicht mehr um sie geht, hat mein Schwesterlein keine Lust mehr auf Redaktionssitzung.

»Also, wenn es keine Fragen oder Anmerkungen mehr gibt, würde ich die Konferenz für heute beenden und wir sehen uns dann nächste Woche.«

»Okay«, kommt es von den Übrigen, einer nach dem anderen verlässt den Konferenzraum. Nur Lasse bleibt da. Und – Emma auch.

»Kannst du ein Schatz sein und uns mal zwei Minuten allein lassen?«, fragt Emma Lasse, und ich bin wie immer erstaunt darüber, wie zuckersüß und nett meine Schwester klingen kann, wenn sie will.

»Ja, sicher, kein Problem, ich warte draußen.« Schwups, ist Lasse im Flur verschwunden.

»Jetzt hör mir mal zu!« Von »zuckersüß und nett« kann keine Rede mehr sein, als Emma mit mir allein ist. »Bitterböse und unerbittlich« trifft es eher. »Es ist mir total egal, was du und die anderen Weicheier von meiner Kolumne halten! Die bleibt so, wie sie ist! Wenn du auch nur ein einziges Wort änderst, lasse ich dich bei den anderen auffliegen!«

»Aber Emma …«

»Nix, *aber Emma*!« Sie funkelt mich noch einmal böse an, dann rauscht sie ebenfalls raus in den Flur. Es hilft alles nichts. Ich muss mit Tante Julia sprechen und sie irgendwie dazu bringen, Emma diese Kolumne auszureden. Sie ist die Einzige, die das schaffen könnte. Aber wie kriege ich das hin, ohne ihr die Wahrheit zu sagen? Und ohne dass mich Emma sofort ans Messer liefert?

Zwei Sekunden später kommt Lasse wieder rein und sieht mich nachdenklich an.

»Sieht so aus, als hätten wir da ein Problem, oder?«

Ich nicke. »Ja, sieht wohl so aus.« Kurz überlege ich, ob ich ihn in mein Geheimnis einweihen soll. Aber dann wird er mich für eine lausige Journalistin halten und für ein hinterhältiges Miststück und … Nein, kommt nicht infrage.

»Was wolltest du mir denn erzählen?«, wechsle ich also das Thema.

»Also, diese Tierheimgeschichte ist ganz schön

heftig. Die haben momentan viel zu viele Hunde. Das ist nach den Sommerferien normal – die Leute fahren in den Urlaub und bringen ihren Hund einfach ins Tierheim, weil ihnen die Hundepension zu teuer ist.«

»Echt? Dabei sind Hunde doch richtige Familienmitglieder. Das kann man doch nicht machen.«

»Tja, es geht auch noch schlimmer: Leute setzen ihren Hund einfach aus! Hunde sind Haustiere, denen kann in freier Wildbahn viel passieren. Sie werden überfahren oder finden nichts zu fressen. Ganz traurig ist das. Und dieses Jahr haben sie noch mehr Hunde als sonst. Da kam mir die Idee zu einer Aktion. Aber ich wollte dich erst fragen, wie du sie findest.« Er macht eine kleine Kunstpause. Ich stupse ihn an.

»Nun mach es nicht so spannend, Lasse! Deine Idee ist bestimmt gut!« Er grinst mich an.

»Wir starten eine Partnervermittlung in der *Feder*. Nur dass da nicht Menschenpaare gefunden werden sollen. Nee, wir vermitteln zwischen Hund und Mensch. Lilli fotografiert die Hunde – denn Tierfotos kann sie doch besonders gut, die Hunde sehen dann bestimmt toll aus. Und ich schreibe die Texte dazu. Wie in einer echten Kontaktanzeige. Da steht dann nicht *Nette, hübsche Frau sucht ebensolchen Mann*, sondern *Netter, anhänglicher Dackel sucht Familie mit viel Humor*. Und wer dann einen bestimmten Hund will, meldet sich im Tierheim. Verstehst du?«

Ich nicke. »Klar. Versteh ich. Super Idee.«

Lasse lächelt, jetzt fast ein bisschen schüchtern. »Findest du echt?«

»Ja, wirklich. Ich habe auch vorher schon mit Juni Jupiter über das Thema Tierheim ganz allgemein gesprochen, und sie war begeistert.«

»Puh, dann bin ich aber froh.«

Ich nicke. »Ja. Juni hat gesagt, Tiere sind immer ein gutes Thema, das die Leute interessiert.«

»Das glaube ich. Geht mir ja genauso. Weißt du, ich mag Hunde total gern. Aber meine Eltern wollen keinen haben. Sie sagen, ich hätte neben der Schule nicht genug Zeit, mich um ihn zu kümmern. Ich muss momentan ziemlich viel lernen, weil ich nicht gerade ein guter Schüler bin. Eher sogar ein schlechter … na ja.«

Ich weiß nicht, warum, aber gerade schlägt mein Herz wieder ein bisschen schneller. *Lasse ist so cool und trotzdem nicht eingebildet. UND er mag Tiere – Mann, Mann, Mann! Und das obwohl er ein Junge ist.*

12. Kapitel

Ort des Geschehens: bei Tante Julia.
Mission: Emmas Glamour abschießen.
Weitere Aussichten: Alles wird nur noch schlimmer! Uaaaaah!

»Hallo, Carla!« Meine Tante strahlt mich an, als ich eine Stunde später vor ihrer Tür stehe. »Das ist ja echte Gedankenübertragung!«

»Gedankenübertragung?«

Sie lacht. »Ja, ich wollte dich in der Sekunde anrufen, als du an meiner Tür geklingelt hast. Was für ein Zufall!«

»Ja, das stimmt. Was wolltest du denn von mir?«, will ich wissen.

»Komm doch erst mal rein«, sagt sie. »Ich habe eine wirklich tolle Neuigkeit!« Neugierig folge ich ihr ins Wohnzimmer und flank mich mal wieder aufs Sofa. Vor mir steht wie immer die Schüssel mit Süßigkeiten, also schnappe ich mir ein Mars, das mich verführerisch anlächelt, und stopfe es in den Mund.

»Was ist denn so toll?«, will ich kauend wissen.

Tante Julia grinst. »Darauf kommst du im Leben nicht!«

»Dann erzähl es mir doch einfach!« Einen kurzen Moment sieht meine Tante etwas enttäuscht aus, vermutlich hat sie gehofft, dass ich jetzt zuerst ein bisschen rumrate. Aber dann grinst sie wieder und posaunt triumphierend aus: »Ich bin dieses Jahr in der Jury für den Schülerzeitungswettbewerb!«

Reflexartig mache ich: »Häh?«, aber gleichzeitig verkantet sich schon der Schokoriegel in meiner Speiseröhre, denn mir schwant Böses.

»Das ist doch ganz einfach.« Jetzt wirkt Tante Julia ein bisschen ungeduldig. »Der Wettbewerb, bei dem die *Feder* auch mitmachen will!« Spätestens jetzt wird mir klar, dass hier ganz, ganz, ganz fetter Ärger auf mich zurollt. Ich weiß zwar noch nicht genau wie und wann, aber Tante Julia hilft mir mit ihren Erläuterungen, was das angeht, rasch auf die Sprünge: »Die Schulbehörde bittet jedes Jahr fünf professionelle Journalisten, als Juroren darüber abzustimmen, welches die beste Zeitung ist. Und vor genau einer Stunde habe ich einen Anruf bekommen, bei dem man mich gefragt hat, ob ich dieses Jahr mitmachen will. Das ist doch toll, oder?«

»Huh«, sage ich, weil mir im ersten Moment nichts einfällt. Jedenfalls nichts, was ich sagen könnte. Denn durch meinen Kopf geht nur ein einziger Gedanke: *Das ist eine absolute Katastrophe!!!!!*

Das war's. Mein Leben ist zu Ende. Gibt es noch Länder, die kein Auslieferungsabkommen mit Deutschland haben? Irgend so eine nette kleine Diktatur am Ende der Welt? Nehmen die auch Minderjährige auf?

Tante Julia scheint mir irgendwie anzusehen, dass ich nicht begeistert bin. »Ich weiß, was du jetzt denkst«, sagt sie.

»Ja?« Kann ich mir nicht vorstellen. *Wenn du wüsstest.*

Sie nickt. »Ja, du denkst vermutlich, dass das ein

bisschen unfair ist, weil ich ja deine Tante bin und die *Feder* deshalb einen Wettbewerbsvorteil hat. Aber ich kann dich beruhigen, ich werde mir die Zeitungen alle so neutral wie möglich angucken.« Sie zwinkert mir zu. »Und wir müssen ja auch niemandem verraten, dass ich deine Tante bin.«

»Nein«, sage ich und bin immer noch geschockt. »Das müssen wir nicht.«

»Dann lächle doch mal!«

»Äh, ja, ich lächle doch, so innerlich.« Dabei spielt sich in meinem Inneren alles Mögliche ab, aber mit Lächeln hat das nichts zu tun. Innerlich denke ich gerade über ein Problem nach, das noch viel, VIEL größer ist als Emmas blöde Kolumne! Juni Jupiter! Die steht vorn im Mitarbeiter-Verzeichnis als Chefredakteurin! Und wenn meine Tante ihren eigenen Blogger-Namen in diesem sogenannten Impressum liest, wird sie sich natürlich fragen, wie der da reinkommt. Und dann … Unwillkürlich schüttele ich den Kopf. Nein, das will ich mir nicht mal vorstellen! »Ich muss jetzt leider los!«, keuche ich und springe mit diesen Worten auch schon vom Sofa auf.

»So schnell?« Meine Tante mustert mich irritiert.

»Ja, leider«, gebe ich gehetzt zurück. »Ich habe noch eine Menge zu erledigen. Und außerdem noch ganz viele Hausaufgaben auf.«

»Aber was wolltest du denn eigentlich von mir?«, fragt sie.

»Von dir?« So wie ich sie anstarre, muss ich komplett konfus wirken.

»Ja.« Sie nickt. »Aus irgendeinem Grund bist du doch bei mir vorbeigekommen.«

»Ist nicht mehr so wichtig, hat sich erledigt.« Bevor Julia noch etwas sagen kann, bin ich auch schon raus in den Flur gestolpert, reiße die Haustür auf und renne die Treppe runter auf den Bürgersteig.

Ich muss jetzt erst einmal allein sein und nachdenken. Und zwar *sehr viel* nachdenken.

Denn wenn das so weitergeht, habe ich mich bald so in meinem Geflunker verheddert, dass mir wirklich nichts anderes übrig bleiben wird als auszuwandern!

Gesamtzustand: kurz vorm Durchdrehen.
Ort des Geschehens:
vor der Höhle der Löwin.
Mission: Impossible!

Ich klopfe an Emmas Tür.

»Emma, ich muss mal mit dir reden!« Keine Reaktion. Ich klopfe noch mal, dann öffne ich die Tür. Emma liegt auf ihrem Bett, mit geschlossenen Augen. Schläft sie etwa? Ich mache einen Schritt auf das Bett zu und kneife mein Schwesterchen in den großen Zeh. Sofort fährt sie hoch.

»Aua! Sag mal, spinnst du?!«

Irgendwie sieht Emma komisch aus. So … verquollen. Ihre Augen sind ganz rot. Als hätte sie geheult. Ob sie krank ist?

»Geht es dir nicht gut?«, erkundige ich mich.

»Selbst wenn es so wäre – was geht dich das an?« Hier hat aber jemand echte Saulaune! Das ist natürlich eigentlich kein guter Moment, um noch einmal mit ihr über *Emmas Glamour* zu sprechen – aber es hilft nichts!

»Ähm, also, wegen deiner Kolumne, da wollte ich noch mal sagen ...«

»Vergiss die doofe Kolumne!«, fährt Emma mich an und dreht mir den Rücken zu. »Ich habe sowieso keine Lust mehr, bei euch mitzumachen.«

»Oh.« Mehr fällt mir zu diesem plötzlichen Sinneswandel nicht ein. Aber anstatt mich zu freuen, setze ich mich erst mal neben Emma auf die Bettkante und lege eine Hand auf ihren Rücken. Weint sie etwa? Offenbar gibt es hier ein Problem, das viel größer ist als ein paar Seiten in der *Feder.* »Was ist denn los mit dir?«, will ich wissen.

»Gar nichts.«

»Das stimmt doch nicht. Also, nun sag schon!«

Emma dreht sich wieder zu mir um. Tatsächlich, sie heult. Ich krame in meiner Hosentasche und gebe ihr ein Taschentuch, in das sie geräuschvoll schnäuzt.

»Es ist ... ist ... sn, einfach echt ätzend, deine große Schwester zu seihhn.« Ganz großer Trompetenstoß in mein Taschentuch. »Nie ist das, was ich mach, gut genug. Du kriegst einen Platz in der Schülerzeitung, wenn du willst, und mich lachen alle aus. Ich meine – wie doof ist das denn, ständig von jemandem ausgebremst zu werden, der zweieinhalb Jahre jünger ist als man selbst? Ich hab es echt satt.«

»Aber das stimmt doch gar nicht. Niemand lacht dich aus.«

»Natürlich hat das der blöde Lasse gemacht. Und immer gelingt dir alles irgendwie besser. Du hast überall bessere Noten. Und mein Mathelehrer meint, dass er gar nicht verstehen kann, warum ich so schlecht bin. Wo meine kleine Schwester das doch so gut kann.« Sie schluchzt. Ich streiche etwas hilflos über ihren Arm.

»Hm, der Krause ist echt ein Vollidot. Der ist bestimmt nur so fies, weil ihn selber niemand leiden kann.« Emma nickt und schluchzt noch mal, aber schon ein bisschen leiser.

»Und jetzt auch noch die *Feder*! Seit über einem Jahr versuche ich, da richtig reinzukommen. Und meine Vorschläge wurden immer abgelehnt, und ich habe das Gefühl, die mögen mich alle nicht. Kaum tauchst du da auf, bist du sogar gleich Chefredakteurin.«

»Na ja, aber nur mit einem Trick. Das weißt du doch.«

»Trotzdem. Alle machen sie, was du willst. Und du machst es auch noch gut. Lasse findet dich jedenfalls richtig cool.«

»Wirklich?« Mein Herz macht wieder einen Hüpfer. Emma seufzt.

»Ja, wirklich. Glaub mir, ich gehe seit der Fünften mit ihm in eine Klasse und normalerweise macht der sich gar nichts aus Mädchen.«

»Echt?«

Emma nickt und guckt mich düster an. »Zu mir war er dagegen heute richtig blöd. Jetzt finden also schon Jungs in meinem Alter meine kleine Schwester besser als mich. Das ist so DEPRIMIEREND!« Sie schluchzt wieder. Auweia. Auch wenn ich mich selbst in diesem Moment ganz komisch glücklich fühle, kann ich's irgendwie nicht aushalten, dass meine große Schwester so total geknickt ist.

»Und deswegen willst du jetzt nicht mehr bei der *Feder* mitmachen?«

Emma zuckt mit den Schultern. »Auch. Aber vor allem weil ja sowieso alle meine Kolumne doof finden. Ich meine, erst war ich sauer und dachte mir, dass du sie doch sowieso drucken musst. Und dann ist mir klar geworden, dass ihr einfach alle meint, dass ich nicht schreiben kann. Und was nutzt mir dann eine Kolumne, wenn hinterher die ganze Schule über mich lacht?« Sie schüttelt traurig den Kopf. »Nein, das will ich nicht. Du hast also Glück, ich mache nicht mehr mit.«

Ich überlege kurz. Aber wirklich nur kurz.

»Emma, ich finde deine Grundidee gut. Vielleicht war die *Feder* vorher wirklich ein bisschen langweilig. Und so eine Kolumne ist doch auch lustig und macht unsere Zeitung unverwechselbar.«

Emma schaut mich zweifelnd an und rüsselt noch einmal in das Taschentuch.

»Meinst du?«

Ich nicke. »Ja. Also, wenn du deine Idee nimmst und so umstrickst, dass nicht alles nur negativ klingt, dann passt die Kolumne bestimmt prima zur *Feder.*«

»Du meinst, ich soll lieber schreiben, wer sich gut anzieht, statt über Frau Willich zu lästern?«

»Genau so! Das ist doch auch irgendwie viel netter!«

Emma grinst. »Das macht aber nur halb so viel Spaß.«

Ich grinse zurück. »Schon klar, du Lästermaul! Ich fände es jedenfalls toll, wenn du deine Kolumne etwas ändern könnest. Also, wer sich am besten anzieht, die Hitliste der beliebtesten Lehrer, wer unser Vorbild des Monats ist, und so weiter. Vielleicht mit witzigen Fotos von Lilli dazu?«

»Okay«, stimmt meine Schwester mir zu, »ich versuche es mal. Aber ein bisschen Lästerei muss schon sein. Sonst wird's langweilig!«

Ich lächle.

»Klar. Ein bisschen kann nicht schaden. Interessiert unsere Leser wahrscheinlich wirklich.«

Eine Weile sitzen wir schweigend nebeneinander auf Emmas Bett.

»Tja, ich werd dann mal wieder auf meinem

Zimmer an der *Feder* weiterfeilen«, sage ich und will aufstehen, da hält mich Emma am Ärmel fest.

»Danke«, sagt sie, »das war lieb von dir. Erst recht, weil ich vorher so blöd war.« Und dann nimmt meine coole große Schwester mich in den Arm und drückt mich.

Da wir uns ausnahmsweise mal so gut verstehen, beschließe ich, Emma zu fragen, ob sie eine Idee hat, wie ich aus dem Schlamassel mit Tante Julia wieder herauskomme. Schließlich weiß sie, worum es geht. Ich erkläre ihr kurz, dass nun ausgerechnet Tante Julia in der Jury des Zeitungswettbewerbs sitzt. Emma denkt nach.

»Hm, was hältst du davon, wenn wir den Namen Juni Jupiter einfach aus der Zeitung streichen? Dann merkt Tante Julia doch gar nicht, was du gemacht hast.«

»Aber ich kann den anderen unmöglich sagen, dass ich mit Juni geschummelt habe und meine Tante das nicht merken darf.«

»Musst du doch gar nicht. Du sagst ihnen, dass wir mit einem Profi als Chefredakteur disqualifiziert werden und nicht am Wettbewerb teilnehmen dürfen. Sie wissen schließlich gar nicht, dass du dir das mit Juni nur ausgedacht hast. Die denken doch, das stimmt. Also sagst du den anderen, dass wir für diese Ausgabe den Namen rauslassen. Wir können immer noch Hendrik als Chefredakteur angeben – er hat ja nicht aufgehört, sondern ist krank.«

»Hm, und du meinst, das geht?«

»Klar. Warum nicht? Er könnte doch noch ein Grußwort aus dem Krankenhaus schicken, das drucken wir dann ab.«

Meine große Schwester ist genial! Mein Leben ist gerettet. Ich kann hierbleiben und mit Isa und Lasse eine preiswürdige Zeitung machen, anstatt am Ende der Welt in Mülltonnen zu kramen. Alles wird gut!!!!

13. Kapitel

Ort: Redaktionsraum.
Mission: Lüge Nummer 235 auftischen.
Hoffnung: dass es die letzte wird.
Motto des Tages: Denn die Hoffnung stirbt zuletzt.

»Also du meinst, wir dürfen eigentlich nicht mitmachen, weil Juni Jupiter uns geholfen hat?« Felix legt die Stirn in Falten. Es ist ihm deutlich anzumerken, dass ihm die ganze Sache nicht schmeckt.

»Richtig. Es ist ein *Schüler*wettbewerb. Also nichts für Profis«, erkläre ich ihm noch einmal.

»Na ja, aber dann ist es wirklich unfair, wenn wir mitmachen. Denn Juni ist eindeutig ein Profi.«

Jetzt mischt sich Emma ein.

»Na ja, aber sie hat doch gar nicht richtig mitgearbeitet. Das meiste haben wir allein gemacht. Ich bin mir sicher, auch die anderen Schülerzeitungen holen sich ab und zu mal Tipps bei erwachsenen Journalisten. Das schreiben die natürlich auch nirgendwo rein.«

Lasse wiegt den Kopf hin und her.

»So gesehen hast du zwar recht, aber diese *Feder* ist wirklich richtig gut geworden. Ich glaube nicht, dass wir das ohne Juni Jupiter geschafft hätten.«

Arrgghh, es ist zum Haareausraufen mit dieser Flunkerei! Ansonsten könnte ich nun sagen, dass ich mir das alles nur ausgedacht habe und wir die *Feder* tatsächlich ganz allein gestemmt haben – aber es geht nicht. Eigentlich könnten wir total stolz auf uns sein und uns hier selber hochleben lassen. Wenn ich nicht gelogen hätte!

Offenbar sehe ich sehr verzweifelt aus, denn Lasse klopft mir tröstend auf die Schulter.

»Jetzt lass mal den Kopf nicht hängen. Dann streichen wir Junis Namen eben. Ist ja irgendwie auch nur eine Notlüge.« Dann grinst er. »Mal im Ernst – du bist die Einzige, die Kontakt zu ihr hatte. Vielleicht gibt es die Dame ja gar nicht und wir haben wirklich alles allein gemacht.«

Ich zucke zusammen.

»Doch! Natürlich gibt es Juni Jupiter!«, rufe ich gereizt.

»Hey!« Lasse hebt die Arme. »Kein Stress! Das war doch nur ein Scherz!«

Ich atme tief ein. Wenn der wüsste, wie nah sein Scherz an der Wahrheit vorbeischrammt!

»Also, Leute«, mischt Emma sich wieder ein, »Juni hin, Juni her – ich schlage vor, wir geben noch einmal Hendrik als Chefredakteur an. Irgendeinen Namen müssen wir in das Anmeldeblatt zum Wettbewerb eintragen, und das wäre doch für ihn auch ganz nett, meint ihr nicht? Ich könnte ihn mit Lilli im Krankenhaus besuchen, wir machen ein kurzes Interview mit ihm und knipsen sein imposantes Gipsbein.«

Felix meldet sich zu Wort.

»Ich habe gehört, Hendrik ist mittlerweile in einer Kurklinik, und es geht ihm schon viel besser. Einen Gips hat er wohl auch nicht mehr.«

Emma lächelt. »Umso besser. Dann ein Foto

ohne Gips. Vielleicht kann ich ihm noch ein paar Sätze zum Thema ›Mode und Krankengymnastik‹ für meine Kolumne entlocken.«

Alle lachen und Emma lacht mit. Eigentlich schön, dass sie an Bord der *Feder* geblieben ist!

»Gut«, sage ich mit einem Blick auf die Uhr, »wir haben noch viel zu tun, und morgen muss das Heft in Druck. Dann ist es jetzt beschlossene Sache: Hendrik bleibt offiziell unser Chefredakteur.«

Im Chor rufen alle:

»Beschlossen!«

Stand der Dinge: Die »Feder« ist fertig …
und sieht echt TOLL aus.
Weitere Aussichten: alles super!
Allerdings nicht besonders lange …

»Grüß dich, Carla!« Ich schreie beinahe auf und zucke vor Schreck zusammen, als direkt hinter mir eine Stimme erklingt. Ich fahre herum, vor mir steht: Sophie. Ihr Lächeln ist so breit, dass sie eine Banane quer futtern könnte. Schon allein bei ihrem Anblick läuft es mir eiskalt den Rücken herunter. »Na?«, fragt sie und deutet auf den großen Umschlag in meiner Hand, den ich gerade in den Briefkasten neben der Schule einwerfen will. »Ist das etwa die Bewerbung für den Zeitungswettbewerb?«

»Genau«, sage ich und frage mich gleichzeitig, was die blöde Nuss von mir will. Ich bin mir fast sicher, dass sie schon wieder etwas Gemeines plant. »Das muss heute alles rausgeschickt werden, damit es noch rechtzeitig ankommt.«

»Verstehe«, sagt Sophie und grinst *noch* breiter.

Was führt die denn schon wieder im Schilde? Nichts Gutes, jede Wette.

»Ich finde, du solltest dir das noch mal überlegen.«

»Was sollte ich mir noch mal überlegen?« Ich verstehe kein Wort, was meint Sophie denn?

»Na, ob ihr mit der *Feder* wirklich bei dem Schülerzeitungswettbewerb mitmachen wollt.« Das Wort *Schüler* betont Sophie ganz eigenartig – und irgendwie habe ich schlagartig ein flaues Gefühl im Magen.

»Natürlich werden wir mitmachen, das war doch von Anfang an unser Plan!«, gebe ich trotzdem selbstbewusst zurück und versuche, ihr unerschrocken direkt in die Augen zu sehen. Das soll man bei Raubtieren angeblich so machen.

»Weißt du eigentlich, wo ich heute Morgen war?«, will Sophie als Nächstes wissen. Mittlerweile ist ihr Grinsen so breit geworden, dass sie sogar *zwei* Bananen quer futtern könnte.

»Nein«, antworte ich wahrheitsgemäß. Woher sollte ich auch? Ich bin schließlich keine Hellseherin.

»Ich war im Schreibwarenladen bei Herrn Yilmaz«, klärt sie mich auf. »Und rate, was er mir gezeigt hat!«

»Äh, keine Ahnung.« Wobei, eine dunkle Ahnung habe ich doch.

»Er hat mir die neue Ausgabe der *Feder* gezeigt. War ganz stolz, wie gut sie geworden ist. Sieht auch wirklich toll aus, Hut ab!« Sie macht eine Pause.

»Danke!« Warum habe ich nur das ungute Gefühl, dass da noch irgendwas kommt?

»Bitte, gern geschehen. Aber weißt du, was wirklich komisch ist?«

Ich schüttle den Kopf. »Nein, was denn?«

»Tja, der Name von Juni Jupiter taucht im Impressum gar nicht als Chefredakteurin auf. Und auch nicht in einer anderen Funktion, ich konnte sie nirgends finden. Stattdessen steht da Hendrik Aschenbach.«

»Äh, ja … also, er ist ja quasi noch da. Also, äh … nur momentan krank, und da dachten wir … äh …« Mein Gestammel ist wirklich grauenhaft. Sophie beobachtet mich aus schmalen Augen und schüttelt den Kopf, als sei sie mit meiner Darbietung nicht zufrieden.

»Kurz: Ich habe mir so meine Gedanken gemacht, als ich das gesehen habe. Und weißt du, was ich glaube?«

Ich schüttle den Kopf. Reden ist Silber, Schweigen ist Gold. Vor allem bei dieser Schlange.

»Ich glaube, ihr verschweigt, dass die neue Chefredakteurin in Wirklichkeit Juni Jupiter ist, damit ihr bei diesem doofen Wettbewerb mitmachen dürft, der euch allen ja sooo wichtig ist.« Ich merke, wie mir das Blut in den Kopf schießt und ich puterrot anlaufe.

»Wie kommst du denn darauf?«, stottere ich.

»Sagen wir mal so – der Gedanke liegt nah. Warum sonst sollte man so eine Berühmtheit im Heft verschweigen? Aber sicher bin ich mir erst, seit ich eben ein kurzes Gespräch mit Felix hatte. Diese kleinen Jungs kann man ja so leicht reinlegen. Man stellt eine Fangfrage – und schon hat man sie. Er hat nicht mal gemerkt, dass ich ihn nur aushorchen wollte. Kaum habe ich gesagt, dass es ja für den Wettbewerb ganz schön schlau war, Juni Jupiter wegzulassen, schon hat er mir alles von allein erzählt.« Sie kichert, ich bekomme Ohrenrauschen. *So ein verfluchter Mist!*

»Sophie!« Ich gebe mir Mühe, möglichst erwachsen zu klingen, mindestens wie vierzehn. »Irgendwie habe ich das Gefühl, dass du mir drohen willst.«

»Dir drohen?« Sie lacht. »Ne, ne, ne, wie käme ich denn dazu? Ich will dir einfach nur sagen, dass es besser wäre, die *Feder* nicht zum Wettbewerb einzureichen. Ganz einfach weil es den anderen Teilnehmern gegenüber sonst unfair wäre.«

»Das heißt also, du würdest uns verraten?«

Sie schüttelt den Kopf. »Verraten ist soooo ein scheußliches Wort. Ich möchte, wie gesagt, nur dafür sorgen, dass es bei dem Wettbewerb anständig zugeht.«

»Verstehe. Und wenn ich diesen Umschlag hier«, ich deute auf das Päckchen in meiner Hand, »jetzt losschicke – dann verpetzt du, dass wir Hilfe von einer Profi-Journalistin hatten?«

»Auch Petzen würde ich es nicht nennen«, widerspricht sie mir. »Es geht mir nur um die Wahrheit.«

»Dann hör mir mal gut zu«, fahre ich sie an, »denn jetzt kommt für dich *meine* Wahrheit: Du bist eine neidische, blöde Kuh! Und nur weil du nicht die Chefredakteurin geworden bist, willst du uns anderen jetzt alle Chancen kaputt machen!«

Sophie hebt abwehrend die Hände. »Das ist doch total kindischer Unsinn!« Und mit diesen

Worten dreht sie sich um und lässt mich einfach stehen.

Oh nein! Was mache ich denn jetzt nur? Ich betrachte den Umschlag in meiner Hand. Wenn ich das heute nicht wegschicke, sind wir für den Wettbewerb zu spät dran. Aber wenn ich die *Feder* einreiche, lässt Sophie uns auffliegen. *Argh, das ist doch echt zum aus der Haut fahren!*

»Carla!« Schon wieder zucke ich zusammen, weil sich jemand unbemerkt an mich herangeschlichen hat. Diesmal ist es allerdings nicht die doofe Sophie, sondern meine Freundin Isa. Am liebsten würde ich ihr um den Hals fallen und eine Runde heulen. »Schon alles weggeschickt?«, will sie wissen.

»Nein«, sage ich und deute auf den Umschlag in meiner Hand. »Und wie es aussieht, wird das auch nichts mehr«, füge ich düster hinzu.

»Wieso denn nicht?« Isa sieht mich erschrocken an. »Stimmt was mit dem Heft nicht?«

»Mit dem Heft ist alles in Ordnung, es gibt da leider nur ein anderes Problem.« In knappen Worten erzähle ich ihr von Sophie und dass sie uns erpressen will.

»Das ist ja echt total fies!«, regt Isa sich auf, als ich fertig bin. »Diese gemeine Kuh.«

»Kannst du wohl sagen.«

»Aber das können wir uns doch nicht gefallen lassen!«

»Was sollen wir denn sonst machen? Jedenfalls fällt mir nichts anderes ein.«

Isa denkt einen Moment nach, dann erhellt sich ihr Gesicht. »Du könntest im Zweifel einfach sagen, dass Sophie sich das alles ausdenkt. Dann steht ihr Wort gegen deins, und sie muss beweisen, dass sie die Wahrheit sagt.«

»Nein, das ist auch keine Lösung. Außerdem habe ich schon so oft geflunkert, und mit jedem Mal ist es schlimmer geworden, dass ich denke, es ist jetzt mal langsam Zeit für die Wahrheit.«

»Was?«, kreischt Isa. »Du willst den anderen die Wahrheit sagen? Dass das mit Juni Jupiter alles gelogen war?« Isa wirft mir einen entsetzten Blick zu.

»Nein«, antworte ich geknickt wie ein Origamimännchen, »das wäre mir viel, viel zu peinlich. Aber vielleicht ist es an der Zeit, dass ich jemand anderem die Wahrheit erzähle.«

»Wem denn?«

»Tante Julia natürlich! Ich glaube, ich kann ihr das alles nicht länger verschweigen.«

»Meinst du?«

Ich nicke. »Ja, ist echt besser, wenn ich es ihr sage, als dass sie es irgendwie anders erfährt. Und wer weiß?« Ich zucke etwas mit den Schultern. »Vielleicht weiß sie ja auch irgendeinen genialen Ausweg aus der ganzen Situation?«

»Glaubst du das?«

Ich seufze. »Eigentlich nicht. Viel wahrscheinlicher ist, dass Tante Julia sehr, sehr böse auf mich ist und nie wieder mit mir spricht. Wünsch mir Glück.«

14. Kapitel

Vorhang auf: Juni und ich.
Zustand der Hauptdarstellerin: wild entschlossen und kurz vorm Herzinfarkt!

»Also, wenn das so weitergeht, kannst du langsam bei mir einziehen!« Tante Julia lacht mich fröhlich an, als sie eine Stunde später die Haustür öffnet. »Herein mit dir!« Wie immer folge ich ihr ins Wohnzimmer und nehme auf dem Sofa Platz. Und wie immer steht auf dem Couchtisch eine Schüssel mit Süßigkeiten. Nur ist mir jetzt gerade überhaupt nicht nach Naschen – im Gegenteil, vor lauter Angst schnürt es mir regelrecht die Kehle zu. »Was gibt es denn?«, will meine Tante wissen.

Ich hole den großen Umschlag aus meiner Schultasche, ziehe eine Ausgabe der *Feder* heraus und gebe sie ihr. »Hier«, sage ich. »Das ist ein Exemplar der fertigen Zeitung.«

»Danke!« Tante Julia nimmt sie entgegen und fängt sofort an, darin zu blättern. »Da bin ich ja mal gespannt.« Sie liest und wirkt dabei sehr konzentriert, hin und wieder breitet sich auf ihrem Gesicht ein Lächeln aus. Als sie das Heft zuklappt, sieht sie mich zufrieden an. »Also, ich muss schon sagen, die ist absolut toll geworden!«

»Wirklich?« Obwohl ich meiner Tante ja gleich etwas beichten muss, freut mich dieses Kompliment wahnsinnig.

»Ja, wirklich.« Sie nickt. »Ich denke, damit habt ihr sehr, sehr gute Chancen, beim Wettbewerb einen der vordersten Plätze zu belegen. Und das sage ich nicht, weil ich deine Tante bin, ich finde das Heft richtig gut!«

»Tja, der Wettbewerb«, sage ich. Und verstumme dann sofort wieder.

Wie soll ich bloß meiner Lieblingstante von dem gigantischen Lügenmonster, das ich erschaffen habe, erzählen? Ich weiß einfach nicht, wie ich mit meinem Geständnis beginnen soll.

»Was ist denn damit?«, fragt Tante Julia.

»Also, die Sache ist die … wir … äh … also.« Ich gerate ins Stottern, meine Tante sieht mich verwundert an.

»Kannst du vielleicht mal in zusammenhängenden Sätzen reden?«

»Äh, ich versuche es.« Dann hole ich tief Luft. »Wir werden bei dem Wettbewerb leider nicht mitmachen können.«

»Was? Wieso das denn nicht?«

»Tja, das ist alles nicht so einfach, eher eine längere Geschichte.«

Meine Tante schlägt die Beine übereinander und sieht mich aufmunternd an. »Dann erzähl sie mir. Ich habe Zeit.«

»Okay.« Mittlerweile sind meine Hände schon richtig glitschig vor Schweiß, und mein Herz klopft so laut, dass ich kaum noch etwas anderes höre.

»Also, du schreibst ja unter dem Namen Juni Jupiter dieses Weblog.«

Julia sieht mich irritiert an. »Was hat denn mein Internetname mit der *Feder* zu tun?«

»Ja«, krächze ich, »also, äh, nein, ich erkläre es dir ja jetzt.«

»Da bin ich mal gespannt!«

»Die Sache ist die …« Bevor ich weitersprechen kann, werde ich von der Türklingel unterbrochen.

»Warte kurz«, sagt meine Tante, steht auf und geht raus in den Flur. *So ein Mist!* Jetzt habe ich meinen ganzen Mut zusammengekratzt, und wenn sie nicht in null Komma nichts wieder hier ist, macht es *Puff!* und die Luft ist raus aus meinem tollen Vorsatz. Am liebsten würde ich direkt jetzt abhauen.

»Hallo, Carla!« Zu meiner großen Überraschung kommen eine Sekunde später Isa und Lilli herein. Was wollen die denn hier? Und warum grinsen sie mich so fröhlich an? Vor allem Isa, die weiß doch, was ich gerade bei meiner Tante mache. Das Letzte, was ich jetzt gebrauchen kann, ist Publikum.

»Das ist wohl heute der Tag der Überraschungsbesuche!«, sagt Tante Julia, die hinter meinen beiden Freundinnen zurück ins Wohnzimmer kommt.

»Entschuldigen Sie bitte den Überfall«, erklärt Isa, »aber wir müssen Carla was total Wichtiges erzählen, das kann nicht warten. Und weil sie mir gesagt hat, dass sie bei Ihnen ist …« Sie lässt sich direkt rechts neben mir auf das Sofa plumpsen, Lilli pflanzt sich auf meine linke Seite, so dicht, dass ihre roten Haarsträhnen meine Schulter berühren.

Spinnen die beiden plötzlich, was soll denn das?

»Kein Problem«, meint Julia. »Ich freue mich ja, wenn ihr vorbeischaut. Wollt ihr was trinken?«

Isa nickt heftig. »Das wäre ganz toll!«

»Okay, ich hole ein paar Gläser mit Limonade.«

Kaum ist meine Tante wieder durch die Tür, beugt Isa sich rüber und zischt mir ins Ohr: »Hast du deiner Tante schon alles gebeichtet?«

»Nein«, antworte ich irritiert, »das wollte ich gerade, aber …«

»Puh!«, werde ich von Lilli unterbrochen. »Dann sind wir ja noch nicht zu spät!«

»Zu spät wofür?« So langsam verstehe ich gar nichts mehr.

»Das erzählen wir dir draußen«, sagt Isa. »Los, komm!« Sie steht auf und streckt mir eine Hand entgegen, Lilli erhebt sich ebenfalls.

Ich bleibe immer noch verdattert auf dem Sofa sitzen. »Aber wo wollen wir denn hin?«

»Jetzt frag nicht, komm einfach!«

Zögernd stehe ich auch auf, in diesem Moment kommt Tante Julia wieder rein. Sie trägt ein Tablett mit vier Gläsern Limonade.

»Nanu? Wollt ihr schon los?«

»Ja, äh, Frau Nieburg«, antwortet Isa, »tut uns total leid, aber wir müssen ganz dringend noch mal in die Schule.«

»Jetzt noch?«

Lilli nickt. »Hat was mit dem Zeitungswettbewerb zu tun.«

Ehe ich noch irgendwas sagen kann, haben meine Freundinnen mich schon nach draußen geschubst.

»Carla, rufst du mich nachher an? Du wolltest mir doch was erzählen!«, höre ich noch von ferne die Stimme meiner Tante, bevor die Haustür hinter uns ins Schloss fällt.

»Uff, das war knapp!« Isa seufzt laut auf, sobald wir allein sind.

»Kann man wohl sagen«, gibt Lilli ihr recht.

Dann brechen beide gleichzeitig in völlig irres Gekichere aus.

»Könnt ihr mir vielleicht erklären, was das alles soll?« So langsam werde ich fast ein bisschen sauer, ich verstehe nämlich die ganze Zeit nur noch Bahnhof.

»Klar«, sagt Isa und grinst mich an. »Es ist eigentlich ganz einfach: Wir können *doch* beim Schülerzeitungswettbewerb mitmachen.«

»Wie denn?«, will ich wissen. Ich werfe Lilli einen verstohlenen Blick zu, denn schließlich habe ich keine Ahnung, ob Isa sie in alles eingeweiht hat.

»Wir können vor Lilli offen reden«, sagt meine beste Freundin, als hätte sie meine Gedanken erraten. »Sie weiß alles.«

»Alles?«, frage ich erschrocken. »Auch dass Juni …«

»Ja«, werde ich von Lilli unterbrochen. Sie lächelt mich an. »Aber keine Sorge, dein Geheimnis ist bei mir gut aufgehoben, ich werde nichts verraten.«

»Im Gegenteil!«, sagt Isa. »Lilli hat uns gerettet.«

»Gerettet?« Mein Blick fliegt zwischen Isa und Lilli hin und her, während ich noch überlege, ob ich sauer auf Isa sein soll, weil sie mein Geheimnis an Lilli weitergetratscht hat.

»Na ja«, sagt Lilli. »Isa hat mir vorhin ganz aufgeregt erzählt, dass diese fiese Schlange Sophie dir gedroht hat, dich zu erpressen.«

»Das stimmt. Aber was hat das mit dir zu tun?«

»Ich«, sie greift nach ihrer Kamera, die wie immer um ihren Hals hängt, und hält sie wie eine Trophäe in die Höhe, »habe hier etwas, das Sophie davon abhalten wird, etwas zu verraten.«

»Was denn?«, will ich wissen.

»Ein Foto«, antwortet Lilli.

»Was für ein Foto?«

»Sagen wir so«, Lilli macht eine kunstvolle Pause, so als würde sie es damit etwas dramatischer machen wollen, »ein Foto, das Sophie AUF GAR KEINEN FALL in der nächsten Ausgabe der *Feder* sehen will. Und erst recht nicht bei *Emmas Glamour*.«

»Häh? Ich begreife nicht, wovon du redest«, sage ich verwirrt.

»Manno!« Lilli verdreht gespielt genervt die Augen. »Jetzt stell dich doch nicht dümmer, als du bist!« Sie nimmt den Fotoapparat ab, schaltet ihn ein, klickt auf einem Knopf herum und hält ihn mir dann so hin, dass ich einen Blick auf den Bildschirm werfen kann. »Ich habe hier einen Schnappschuss von Sophie gemacht, den sie bestimmt geheim halten will!«

Ich werfe einen Blick auf das Foto. Und falle vor Überraschung fast um. Und im nächsten Moment kann ich nicht anders, sondern muss auch laut losprusten. »Das gibt's ja wohl gar nicht!«, rufe ich. Das Bild, das Lilli mir hinhält, zeigt tatsächlich Sophie. Aber es ist nicht nur irgendein Foto, weit gefehlt! Auf Lillis Schnappschuss sieht man Sophie, die gerade versucht, Hendrik Aschenbach ein Küsschen aufzudrücken – während er sie mit angewiderter und entsetzter Miene zurückstößt. »Wann hast du das denn gemacht?«

»Am allerersten Schultag«, antwortet Lilli. »Da habe ich doch alles geknipst, was mir vor die Linse gekommen ist.« Stimmt, ich erinnere mich. Genau so habe ich Lilli ja kennengelernt. »Tja«, fährt sie fort, »da wusste ich natürlich noch nicht, dass das mal Gold wert sein würde.« Sie zwinkert mir verschwörerisch zu. »Gut, dass ich es noch nicht gelöscht habe. Eigentlich fand ich die Fotos gar nicht so gelungen, aber aus irgendeinem Grund habe ich sie trotzdem noch behalten. Wie gesagt, was für ein Riesenglück!«

»Ja«, gebe ich ihr recht. »Das kann man wohl sagen!« Dann wende ich mich an Isa. »Und damit habt ihr Sophie jetzt also erpresst?«

»Aber, aber!« Isa reißt gespielt entsetzt die Augen auf. »Erpressung ist so ein hässliches Wort! Sagen wir es so: Wir haben sie davon überzeugt, dass sie lieber die Klappe hält, wenn sie nicht will, dass das Foto irgendwo auftaucht. Kann ja echt schnell passieren, dass sowas in die falschen Hände gerät.«

»Ihr seid spitze!«, freue ich mich. Dann fällt mein Blick auf den Umschlag mit der *Feder*, den ich ja noch immer in der Hand halte. »Jetzt aber schnell!«, rufe ich. »Wir müssen zur Post und die Zeitung wegschicken, bevor es zu spät ist!«

Ort des Geschehens:
Redaktionskonferenz der »Feder«.
Der große Moment: Wir haben Post von der Jury. Frage des Tages: Topp oder Flop?

»Liebe Feder-Redaktion!«, meine Stimme zittert, als ich den Brief, den ich gerade geöffnet habe, vorlese. Alle Augen sind auf mich gerichtet, denn natürlich sind die anderen genauso gespannt wie ich, ob wir den Schülerzeitungswettbewerb gewonnen haben oder nicht. »Heute teilen wir euch das Ergebnis des Wettbewerbs mit. Insgesamt haben 57 Hamburger Schülerzeitungen teilgenommen …«

»Jetzt komm schon zum Ergebnis!«, ruft Isa aufgeregt.

»Genau!«, gibt Lasse ihr recht, lacht mich dabei aber fröhlich an.

»Los, los, los!«, feuern mich auch die anderen an. »Wir wollen es je-he-tzt wissen!«

»Also«, ich hole noch einmal tief Luft. »Leider müssen wir euch mitteilen, dass sich die Jury dieses Jahr für ein anderes Heft entschieden hat, der Gewinner ist *Die Eule* von der Goethe-Stadtteilschule.« Ich lasse den Brief sinken. Alle gucken mich enttäuscht an.

Das war es also jetzt! Alles umsonst. Die ganze Flunkerei und der Stress und die Angst und die grauen Haare …

Na ja, aber alles andere bis auf die grauen Haare.

»Ach, macht ja nichts!« Lasse ist der Erste, der nach ein paar Minuten seine Sprache wiederfindet. »Ich finde trotzdem, wir haben ein tolles Heft gemacht. Dann versuchen wir es nächstes Jahr einfach wieder!«

»Genau!« Zustimmendes Gemurmel, die anderen Redaktionsmitglieder scheinen das ähnlich zu sehen. Trotzdem bin ich enttäuscht, ich hatte mir einfach riesige Hoffnungen gemacht. Ein bisschen beleidigt will ich den Brief zerknüllen und in den Mülleimer kicken, da fällt mir erst auf, dass auf der Rückseite des Schreibens noch etwas steht. »Moment«, rufe ich, »der Brief geht noch weiter!«

»Wie denn?«, fragt Lilli.

»Da steht: *Allerdings hat die Jury beschlossen, einen Sonderpreis für die originellste Idee zu vergeben. Und die geht an …*« Ich traue meinen Augen kaum, als ich es lese. Das kann ja wohl nicht wahr sein!

»Nun sag schon«, rufen alle im Chor.

»Tja, der Preis für die originellste Idee geht an … *Emmas Glamour*!«

»Waaaaas?« Meine Schwester schreit laut auf, stürzt auf mich zu und reißt mir den Brief aus der Hand. Wieder und wieder liest sie ihn, als könnte sie kaum fassen, dass sie wirklich einen Sonderpreis gewonnen hat.

Das ist ja der Knaller, ausgerechnet Emmas Kolumne, von der ich dachte, sie macht alles zunichte! Aber ich muss zugeben, nachdem sie davon abgekommen war, nur Negatives zu schreiben, ist der Beitrag ziemlich lustig geworden. Wirklich mal was anderes und mit Lillies Fotos super anzuschauen.

Emma hüpft noch immer total aufgeregt durch das Redaktionsbüro und kriegt sich vor Freude gar nicht mehr ein. Isa, Lilli und ich beobachten sie grinsend, und auch Lasse sieht so aus, als würde er sich innerlich kringeln.

»Also, eines steht schon mal fest«, sagt er und lacht, »Juni Jupiter hat gleich zwei klasse Nachwuchsjournalistinnen entdeckt, die Hendrik glatt durch die Lappen gegangen wären: Carla und Emma. Ohne euch wäre das Heft nicht so toll geworden! Dafür müssen wir Juni dringend danken!«

Die anderen Mädchen und Jungen nicken und beginnen zu klatschen. Ich glaube, ich werde rot wie eine Tomate! Emma steht neben mir und kichert erst, dann räuspert sie sich.

»Danke für die Blumen. Aber genau genommen haben Lilli und Isa sich auch genauso reingehängt – so wie jeder von euch.«

Wieder nicken alle.

»Okay«, ruft Felix in die Runde, »dann machen wir es so: Wir schreiben jetzt sofort an Juni Jupiter, erzählen ihr von dem Sonderpreis und bedanken uns für die Hilfe. DANN schicken wir ihr gleich unsere neuesten Themenvorschläge. Damit sie sieht, dass wir auch weitermachen wollen. Und dass wir sie dafür ganz dringend brauchen, schließlich hat Hendrik in seinem Interview verkündet, dass er wegen seiner langen Krankheit und um sein Abi nicht zu gefährden leider nicht mehr als Chefredakteur zur Verfügung steht.«

Jetzt sofort????? Hilfe!!! Eigentlich würde ich Juni, die Chefredakteurin, nach diesem ganzen Drama am liebsten in aller Stille beerdigen und die Feder *einfach ohne sie weitermachen.*

»Genau«, rufen die anderen wie im Chor, »lasst uns gleich mal an Juni schreiben! Das ist auch ihr Preis.«

Was mach ich denn jetzt nur, das darf doch wohl nicht wahr sein. *Lass dir was einfallen, jetzt gleich, damit mit der Lügerei endlich mal Schluss ist.*

Okay, okay, ich hab eine Idee, also eigentlich noch keine richtige Idee, aber eine Art Inspiration, und damit lege ich einfach los: »Also, ähm, ich wollte euch das eigentlich noch nicht gleich sagen, ähm, von wegen die Freude nicht verderben und so, aber jetzt geht es wohl doch nicht anders. Es ist nämlich so, dass Juni Jupiter«, ich hole tief Luft und versuche mir in Sekundenbruchteilen auszudenken, was ich mit dieser verdammten Juni nur anstellen soll, *am liebsten würde ich sie versenken!*, »dass Juni, ähm … sie ist, also … für eine brisante Undercover-Reportage eine Weile abgetaucht und kann bei der nächsten Ausgabe leider nicht mitmachen.«

Oh, mein Gott, das war vielleicht knapp! Riesige Enttäuschung in den Gesichtern meiner Mitstreiter, Felix sieht aus, als ob er gleich losheult, Lasse murmelt leise *Mist*, andere seufzen. Die fröhliche Partystimmung, die eben noch in unserem Redaktionsraum herrschte, ist mit einem Schlag wie weggeblasen. Oh nein!

Und ehe sich mein Verstand noch richtig einschalten kann, fängt mein Mund wieder an zu sprechen: »Na ja, aber unterstützen wird sie uns natürlich trotzdem weiterhin. Dazu muss sie ja nicht in Hamburg sein, wozu gibt's denn Internet und Co.? Der Draht zu ihr reißt also nicht ab und mit Juni als Beraterin im Hintergrund kriegen wir garantiert die nächste *Feder* hin. Also kein Grund, die Köpfe hängen zu lassen.«

»Stimmt, den Großteil schaffen wir auch allein«, gibt Lasse mir recht. »Aber dann frag Juni doch, ob sie nicht wenigstens nach außen unsere Chefredakteurin sein kann. Da würden wir uns alle besser fühlen. Wir versprechen auch, sie nur im Notfall zu stören.«

»Klar, mach ich. Kein Problem. Wird erledigt. Ich frage sie«, stammle ich mit letzter Kraft und hochroten Ohren und schwöre mir, dass dies meine garantiert aller-, aller-, allerletzte Flunkerei ist …

Ende

Sabine Zett

Willkommen bei den Sunny Sisters

ca. 224 Seiten, ISBN 978-3-570-22570-7

Lara, Coco und Marvi sind die Sunny Sisters und schon seit Ewigkeiten beste Freundinnen. Alle drei haben ein großes Hobby: Sie tanzen für ihr Leben gern! Wenn da nur nicht die High Heels wären – eine Gruppe Mädels, die herumzicken und richtige Giftschlangen sind! Nur weil die Sunnys schon länger (und besser) tanzen als sie. Und nun sind die beiden Clubs auch noch in einer Klasse gelandet! Einziger Lichtblick ist Amelie, die supergern mit den Sunnys befreundet wäre. Doch sie hat ein großes Geheimnis ...

Patricia Schröder

Lilly – Total verrückt und auch ganz anders

ca. 224 Seiten, ISBN 978-3-570-22583-7

Die 11-jährige Lilly hat ein großes Herz und sprüht vor verrückten Einfällen. In ihrer Wundersprüchebox sammelt sie Zettel mit allerlei lustigen Sprüchen. Wenn sie mal nicht weiter weiß, schüttelt sie die Box gut durch und zieht einen Zettel. Auf den ersten Blick scheint er zwar nie zu ihrem Problem zu passen, aber auf wundersame Weise verhilft er Lilly doch immer zu einer einzigartigen genialen Lösung. Zum Beispiel wenn ihre beste Freundin Blümchen und sie mal wieder von den nervigen Nachbarjungs geärgert werden. Doch als die neue Mitschülerin Yassi in ihre Klasse kommt wird aus Spaß Ernst. Weil Yassi von allen gehänselt wird und ihr jemand böse Streiche spielt, nimmt Lilly sie unter ihre Fittiche, was Blümchen zunächst gar nicht gefällt. Aber es wäre doch gelacht, wenn nicht auch hier die Wundersprüchebox helfen könnte.

cbj

www.cbj-verlag.de

40303